胭+砚
project

连岳 著

我爱问连岳 ②

东方出版中心

再版序言

再版这套书,两个原因。

一是不停有读者询问。这对作者来说,当然受宠若惊,10多年前开始出的书,仍然有人想看,我有责任不让读者只能淘二手书,或者买那些来历可疑的版本。

二是《我爱问连岳》系列恢复新书出版,再版之前的旧书也有必要,整个体系才完整。

所以,有这套我重新编辑的《我爱问连岳》(1至5)。

想到自己无意当中开始记录这个时代的爱,还是挺开心的,它值得我继续。

祝你阅读开心。

连岳

目录

凡人的管风琴总是坏的

连岳：

　　你好。说实话，最初我是不喜欢你的风格的，因为太刻薄。我们都是有着这样那样可笑可怜缺点的凡人，常常自己觉得天塌地陷、关系一生的大事在别人看来只不过是生活中一再上演的平凡无奇的肥皂剧,用来填补《上海壹周》上这块儿不大不小的空白（瞧！论刻薄我也不在你之下），这本身已经够可怜的了，哪里还经得住你一番刻薄？可是渐渐地我却开始喜欢起这种刻薄了，原因可以多到有十七八条，比如有些写信来的家伙明显欠扁……但最重要的也不过是因为被刻薄的不是自己。可是，爽过了之后仍免不了觉得悲哀。讥笑别人并不能使自己获得幸福，不是吗？所以我坚持做看客，旁观着讥笑与被讥笑，并从中见证自己的生活。
　　可我这几天却经常想试着给你写一封信，应该是因为新年将至的缘故。小人物的感慨往往是被岁月催生的。再过几个月就要三十岁了，跟许多在这个年龄仍然独身一人的女人一样，经过一段又一段的爱与被爱，倦了、累了、失望了，进入了所谓的空窗期。好在现在这个时代已经对单身大龄女青年宽容了许多，所以除了有时有点儿孤单和迷茫之外似乎也没有什么其他的坏处。只是有时会想到他——用原来谈恋爱的时间。

他曾是我十一年的朋友和半年的男朋友，当他费尽心力为我在遥远的广州找到工作、租好房屋后，我却拒绝与他共度余生。我写了一封信，说我并不爱他，我们之间的感情只是两小无猜的兄妹之情（真实的原因是我当时正处于最低潮最自卑最自我否定的时期，本能地觉得如果就这么接受他为我所做的一切，此后就永世不能摆脱受人恩惠涌泉相报的命运了）。受到伤害的他写来言辞激烈的信，说收回爱情的同时收回我们十一年的友谊。他说我会后悔。这之后我时时会想自己当初的决定是不是正确。当年如果毫不犹豫或者经过犹豫后奔他而去，这个世界上将会多了个怀着感激之心小心翼翼生活着的卑微女人。而背道而驰的结果现在已经显现——这个世界上多了个对爱失望、对幸福怀疑的单身大龄女青年。答案最终是我不后悔，就算给我这个世界上最伟大最无私的爱，如果只是让我感激涕零并时刻觉得自己不配，同时想尽办法回报的话，我还是觉得做个一拳一脚开创自己生活的单身大龄女青年更让我轻松自在。但这并不能使我理直气壮，相反，随着时间的流逝和年龄的增长，对他的愧疚之情却渐长。因为年轻时总想着自我，以为只要自己的决定是正确的就可无愧于心了。年长之后才能渐渐体会一个大学刚刚毕业的年轻人在无亲无故的异乡为爱奔波的艰辛。所以常常想要跟他说一声抱歉，为我当初在不适合的心境下接受他的爱情随后又不得不放弃。但我却从未真正跟他这样说过——虽然我一直保留着他的联系方式，不去触碰和打扰才是最好的祝福，连岳，你也同意吧？

又是新年了，我在遥远的上海，在他不可能会看到的《上海壹周》上祝他能够快乐地生活并为我曾经带给他的伤害而真诚致歉。当然，我最希望的还是他早已忘记了当初的伤害并对我是否感到抱歉毫不在意。

这依然是个平淡无奇的爱情故事，我的愿望和打电话到101.7点歌送祝福的人也没什么区别，你看了会怎么想呢，连岳？

同人

同人：

你好。我似乎越来越有刻薄的恶名，可是我明明写过那么多温柔敦厚的文章……不过，这无所谓了，该要说出事情真相的时候，我还是会说的——也就是说，可能还会刻薄一下。

人是会学习的动物。比如看到松鼠为冬天储藏食物，就会领悟到春种秋藏、未雨绸缪的重要性。同理，这个情感专栏每周一个故事，可能成为你的谈资，也许只占用你生活中的五分钟，可是别人的往事可能却成为你的未来，或者说，在感情的无限可能性当中，这些事情都有可能潜伏在某处等着偷袭你。时间这个概念并不如我们想象的，像箭一样往前飞奔，像江河一样永不回流，时间会回环叠加，构筑成自己的世界，我们的往事将在一次又一次的复述与重构当中，发出不同的声音。

说具体一点，你拒绝男友一事，就出现了不同层面，有以往为了得到自立与自在的内驱力，有现在对他的怜爱愧疚之情；选择是对的，但是又有遗憾；种种味道掺杂在一起，可能就是回忆旧情时闻到的气息。爱情这种东西，终究是要留一点缺憾给当事人的。

我们为什么那么喜欢王子与公主的故事，又为什么有那么多人因为某某金童玉女的天作之合破裂，以旁观者的轻微身份行使跳楼服毒之类的当事人之重？婚纸上两个公众人物好合好散，偏偏一堆不相干的FANS声泪俱下，这就是因为把童话般完美的婚姻形象附着在这两个人身上了。

为了避免犯这种幼稚病，我们必须得接受是人就会有遗憾的现实，即使是理智的分手也会让我们多年以后伤感，就算是完美的结合也会在日常生活中有些许的不耐烦。收到你这封邮件是在平安夜——平安夜你照样为情所困，平安夜我照样在努力工作。这个时间点也许暗示着我该用温情一点的语调说话，那好，我就讲一个缺憾的故事。

史上最流行的歌曲《silent night》，它是这样产生的，1818年奥地利小村奥本多夫（Oberndorf）的牧师约瑟夫·莫耳(Joseph Mohr)，正在准备平安夜的仪式时，他所在的圣尼古拉斯教堂的管风琴却坏了，没有这种主要乐器，意味着当晚没有音乐。他于是马上赶了一首新的圣诞歌词，请当地的音乐老师弗朗兹·克鲁柏（Franz Gruber）谱曲，由吉他伴奏。据说，当晚村民回到家中时都哼着这首新歌，它慢慢传遍了欧洲并于1839年唱到了美国。

我想用它来说明，因为我们只是一些凡人，所以在爱情当中，管风琴总是坏的。你当然可以让梦想中的仪式敷衍了事，以失望暗哑告终，但这也是谱新曲的机会。我们肯定都不是什么重要人物，也许只是一个心急火燎的人，一个粗通音律的人，不过，谁知道你心里可能埋伏着怎样美妙的音乐呢？

管风琴坏了就坏了吧。

连岳

2006年1月4日

数学家可能才是情感专家

连岳：

一直以为妻子在丈夫的聊天记录中看到不堪入目的语句是多么老套的桥段，可是当这样的事情真的发生在自己身上时，我真的快要崩溃了。虽然我早就怀疑他在外面有女人，可是当怀疑变成现实时，是多么的残酷。

我想我们的悲剧从我怀孕的时候就注定了。男人或许本来就是欲望的动物，当我还在为怀孕而不能满足他觉得内疚的时候，还在想尽一切方法补偿他的时候，他的手机上开始出现那种暧昧的字句。他信誓旦旦，可是眼神却很游离。

生下一对双胞胎女儿后，因为没有老人的帮忙，只能请了一个钟点工，我不分昼夜地辛苦着。过度的劳累，还有对他的猜疑，我一度怀疑自己得了产后忧郁症，可他都看不到，只在那边叫着我没有尽到做妻子的义务。我知道作为妻子，应该要做些什么，但是我只想问问，他有没有想过作为丈夫的责任。他把出轨的原因推到我的身上，这公平吗？

我真的以为我很坚强，因为认识他之前，除了母亲去世的时候，我都不曾记得我哭过。可是认识他之后，我觉得我把这一辈子的泪水都给了他。我真的以为自己很温柔，因为除了他之外，我没有和任何人大声说过话，只有他，能逼我放弃应有的涵养。

而今，我更加努力地使自己坚强，因为我还有两个女儿需要照顾，连岳，我在昨晚和他心平气和地谈了谈，我真的很佩服自己能那么冷静，我给他两条路，要么和她断了，以后我们重新开始；如果他舍不得她，那么我们只能以孩子的父母亲那么简单的身份生活在一起。你一定会奇怪，我为什么不提出离婚，因为我舍不得任何一个孩子，可是如果要我独立抚养两个孩子，我实在没有这个能力。

可是我很清楚，就算他能回头，我们也不可能回到从前。我不知道我的做法对不对，可是我没有更好的做法。

一个妻子

一个妻子:

也许, 以新鲜的桥段发现他背叛, 更会让你崩溃吧。老桥段毕竟我们多少听过一些, 看过一些。2006 年的悲欢离合, 与 2005 年的旧事, 甚至与 1906 年的痴怨情事, 可能本质上出不了什么新意。可这正是爱情有趣的地方所在, 也就是说, 每个时代的人都逃避不了那些基本的难题, 别人解得再好, 你也得自己论证一遍。

这个世界上, 据说有一些乐趣是只有高智商的人才配拥有的, 据说数学天才就是这样一群人——在我们这儿大学数学系招不到学生的背景之下, 前面的话听起来真的很像谣言; 不过我还是建议别人相信, 什么事都以我们这儿为衡量标准, 世界可能就简陋了一些。

德国大数学家希尔伯特 (D. Hibert) 在老年时曾被人问一个有趣的问题:"假定你去世后一两年能复活, 您会做什么呢?"(从这儿看得出来希尔伯特是个相当好玩的人, 不信的话, 你去问问身边的老年人有关去世的问题, 看看会有什么下场。)

希尔伯特回答:"我会先问黎曼猜想是否已经获得解决了?"他在 1900 年把黎曼猜想列为 20 世纪数学家所面对的一个重要难题, 看来确实是思之念之。

一个人一辈子都在用自己的智力与耐心试图在别人之前证明一个猜想, 这是多么酷的人生。与黎曼猜想相关的一则趣事是，英国著名的数学家哈地（G. H. Hardy）是个无神论者，有一年的夏天，哈地乘船渡北海回英国，那天浪涛汹涌天气恶劣，船又逼仄，他于是在上船之前写了一张明信片朋友，上面写着："我已经证明了黎曼猜想。哈地。"

这位数学家其实并未证明黎曼猜想。他这么做的推理过程是这样的：万一这船沉了，他被淹死了，世人就会认为他真的解决了这个了不得的数学难题，他将备享哀荣。但是上帝既然是他的敌人，则一定不会让他捡这个便宜，就算这船命该沉没，上帝也会改变主意。

最后哈地如愿平安回到英国。他写的明信片其实就是DIY的护身符。

我想哈地在这里是开了一个玩笑——好像数学家都是特别具有幽默感的人——你可以看得出来，他们连玩笑都相当具有逻辑性，这是数学家的特征，他们的证明必须在逻辑上没有毛病才能成立。

在你还没有烦之前，我们回到感情话题上。我们有数学家的幸运，总是会有情感难题让我们用智力与心量去解决它，无论等号左边的结局是聚还是散，我们希望等号右边总是写着快乐两个字。不幸的是，感情之中的种种苦厄困扰，完全不合逻辑，甚至不经大脑也可以得出一个办法。

你已经做了决定，对之前的事情我本来不想多说，但是为了其他读者的福利，我多嘴一句，如果你的孕期禁欲行为长达十个月，这并不必要也不科学——当然，这不是你老公有外遇的合理借口，他可以用知识说服你，大不了一起去请教医生。

我想说的是，你现在维持有名无实的婚姻，这个决定太不明确。对你们两个感情死亡的人来说，这不利于新生活的开始，有妇之夫与有夫之妇的名分，恋爱起来总是名不正言不顺，你碰见喜欢的人怎么说？"我有老公，可是我们只是名义夫妻！""只要你和我结婚，我和他随时可以离婚的。"再设想一万句，句句都是鬼打墙一样的怪话。甚至，有喜欢你的男生，探听一下你已婚，可能也不会采取下一步了。抚养孩子的能力，在你离婚之后，也是两个人承担的，可以在离婚协议（或者法院判决）中明确双方的义务。

不要心存幻想，以为孩子长大了会感谢你们这样的假模假式，她们只会在你们身上学到许多负面情绪：婚姻的虚伪、感情的折磨、行事的糊涂以及你们由长年的委屈、不满和愤怒塑造的容颜与气质。这就像证明一个数学猜想一样，你在这步模棱两可，那是绝得不出正确答案的。

连岳

2006 年 1 月 11 日

情史处理三原则

连岳：

今天终于轮到我写一些东西了，其实一个月前我就想写一些东西给你了，但迟迟下不了笔，不是因为没有东西写，而是想写的东西太多了，那时刚刚跟一个相亲一个月的男朋友分手了，现在想想都有些可笑，我居然去相亲了，只因为他是公务员，家庭也还不错。分手的理由是我的诚实，我告诉他我以前有男朋友，已经发生过关系了，后来他说他不能接受，或许吧，人有些时候犯的错误是不可原谅的，我以为我们发展得很好了，有些事情坦白之后好好过现在不就可以了吗？今天下午跟一个朋友喝茶，看见他了，居然这么快就有女朋友了，他比我大5岁，或许我应该原谅他以前对我说过的一切吧，一个快30的男人现在已经急不可待了，放开一段感情就如同撕碎一张纸一样。

连岳，2005年是我最郁闷的一年，去年的1月份，我跟相处三年的男朋友分手了，三年啊，我是做了多大的决心啊，什么都给了他，其实每个女孩都想跟自己的第一个男人白头到老，但最终我是忍受不了他的小气。之后我就开始想放纵自己，你相信吗？我跟我最好的一个男同学发生了一次一夜情，后来觉得跟自己不爱的人在一个床上的感觉真的很恶心，最后，我现在跟这个朋友也失去了联系。后来，又开始了另一段恋情，是我认识的一个大哥，但已经结婚了，我知道我不是一个好女孩子了，但是，他给我的一切是别的男人都不能给我的，我们当时的感觉真的很好，只是有的时候心里还是有些不安的。

7月份，我终于放弃漂泊，听父母的话，回来考上了老师。11月份，大哥结束了在我们家这边的工程，去了别的地方，我知道有些爱情我是无能为力的，但是我想要的是过程，有回忆才重要。他走后，我就开始相亲，就是开始说的那个，这次我是真的想好好谈恋爱，然后把自己嫁了，那男的经常来我们家，有天他有这个举动，所以我就对他说我已经有过了，要不然我也不会自己突然说出来啊，他就说他不能接受了，唉，真的很可笑。同事们都说我傻，有些事情就连自己老公都不能说的，但我说，这就是我做人的原则，我不喜欢骗人，哪个人没有犯错误的时候呢，我只要保证我现在不犯错误不就可以了，但现实却打击了我。跟别人说我又分手了，他们就说，你的眼光不要太高啊，真的不好说什么，这次却是我被别人甩了。

连岳，我终于对你说出来了，或许有些人看到这封信的时候觉得我是一个坏的女孩子，其实我只是缺少安全感，真的。打扰你了，连岳，谢谢你看，说出来心情真的好了一些，前几天一直在看韩剧《对不起，我爱你》。看到哭得稀里哗啦的，或许那样的爱情也只有在电视剧中才有吧。

不安

不安：

先让我讲一个老笑话。有一人天性吝啬，一日落水行将溺毙，救生员大喊："快把手给我！"他没有任何反应，只是一味挣扎；有熟知他习性的人说："你喊：'我把手给你！'他才愿意的。"

我看到你说"三年啊，我是做了多大的决心啊，什么都给了他"，忽然想到这个笑话可以送给许多心有不甘的分手女生，纵使如你所说的，分手是你理智地选择"最终我是忍受不了他的小气"。

其实从物理形态来说，男生才是在"给"。你大可不必在分手以后以一副债权人的姿态出现，一是这样根本讨不到债，二是你只会情绪失控，发生更多不愉快的事情。这点你可能很清楚了。

恋爱是处在施与受的气场当中，可以说双方都在给，双方都在得。施比受有福，还是受比施有惠，两人是无法做一个会计报表的。我建议你在以后的感情中引入这个"互不相欠"概念，有男生列出一条长长的"欠条"，说他"什么都给了你"，你不要鸟他。

还有，你说你做人的原则是"不骗人"，我觉得这很好，不过，不骗人不等于说话没有艺术，不骗人不等于事无巨细都要汇报，不骗人不等于没有隐私。我们的思维不必这么粗线条，白云白羊傻傻分不清楚，老王老公傻傻分不清楚。

真话也可以说得很圆融的。有个佛教徒家里有不少老鼠、蟑螂之类的害虫，因为不许杀生，所以他陷入了两难；所以他向一个法师求助。按照"不骗人"原则，法师说不能杀，显得不近人情；说杀，自然违背佛祖的戒律。

法师说：家里还是要卫生一点对人比较好。

你看，就是一句大白话，该说的意思有了，又不触怒神或人。从"不骗人"到掌握说真话的艺术，其中有很长的路要走。

其实，你还把"不骗人"与"主动坦白"画上了等号。现任男友当吻自己，我先跟他说某前任好法式热吻，某男又中意羞涩的浅尝辄止……你们要"那个举动"时，你忽然开始历数原来的"何时、何地、何人、何事、何种方法"，这真是想接受都难。也许他并不是处女情结患者，也并非观念守旧之人，只是害怕恋爱听起来像是集体活动。

你不说，他或许根本不会问——如果他知道一些爱情常识的话——现代社会，从初恋到结婚到白头一生再到来世投胎做夫妻，这样一条龙的传统浪漫故事再也没有了，很多人都是经过多次的恋爱才选到自己最合适的那个人——这更符合人性——也就是说，现代人都有一堆情史可以说。

两个相爱的人处理情史原则是："你不问我不说"为最优选择，其次是"你若问我说不"，再次是"你又问我又说不"。

　　上述方法有些温柔的女生觉得太过严苛，那至少也不要那么爱说吧，落下坦白从严的下场，自古就有"民不告，官不理"的偷懒方法，现代社会也有"善意疏忽"的宽容法则，这些都和"不骗人"的做人原则兼容，留一点秘密给自己，何必全说给他听。

连岳

2006 年 1 月 18 日

死人不能挡在我们中间

连岳：

现在的我是在异国他乡给你发邮件，你看了标题也会明白，我曾经在11月中旬的时候跟你谈过，当时你回了标题是"男人是蝎子，他们忍不住啊"的文章给我。你说对于我们的解决方案是财务分开，但是现在很不幸，我在异国他乡做主妇了，暂时没有独立的经济来源，工作要到几个月之后绿卡下来我才好申请的。

我说这是续篇，因为现在经济比在上海的时候又要好了，我又没有收入，那我就不再对经济的动向多说什么了。只是，别的事情又发生了。在上海他奶奶刚去世的时候，我知道他心情很不好，就尽量满足他的要求。他说要摆放酒杯供奉，我答应了，还加上他奶奶的眼镜一齐供奉，他还说要放遗像，我没有同意，因为我怕他每天看到情绪更低落，好朋友也同意我的看法，也劝他不要摆放。我们没有自己买房子，是和别人合租的，如果要放的话不能放在共同的客厅的，只能放在

床尾的电脑桌上面的。而且我个人私下觉得这是
两个人的卧室，放别人照片很难受人的，我连我
爸妈的照片都不放，更何况是遗像呢？

　　然后他就先到国外了，他走的时候没有带酒
杯和眼镜。我曾经在国庆的时候过来看过他，天啊，
迈进简陋的租房内第一个迎入眼帘的是床头的凳
子上面放着那个遗像，人睡在床上的话睁开眼就
能看到。我的头一下子大了。我提出要把遗像收
起来，可能是我刚过来，他也没有说什么，就同
意了。接下来我回国办好手续，现在正式过来了。

　　我现在过来一个月了，而且来的时候把他奶
奶的眼镜和酒杯都带过来了，他也没有说什么，
有时拉抽屉看见照片在里面放着，我庆幸或许时
间真的可以冲淡一下他的那种感情吧。可是，昨
晚他回来说有件事情和我商量一下，原来是把遗
像放到床头的书柜上面。他说可以放在上面那层
里面，这样就没事了的。我一下就懵了，他曾经
说过奶奶过世之后最亲的人就是我了的啊，怎么
现在还是不顾我的感受了呢？我说我不在乎你钱
包里面不放我的照片放奶奶的，我也把酒杯带过
来了，他说不用酒杯了，就放照片。我说了我的
感受，他说让我慢慢接受。我不知道该说什么好，
最后说："你放吧，我到外面睡去。"他说："那你
到外面睡吧，这次无论如何我也要放了的。不要

说什么影响我们的生活，没有它（指相片）都没有什么生活可言。"我没有再说什么，就出去睡了。躺下一个小时，抽了几根烟，他出来了，很温柔地对我说"回去睡吧"，然后没有再对这件事情说过什么，就像什么都没有发生一样抱紧我睡觉。我问他这是否是同床异梦，他说不是的，和那件事无关，这辈子只和我过。

连岳，我不知道他这是怎么了，在乎我吗？还是想让我感动之后答应他？是我太敏感了还是他太过分了呢？

如若可能，请回信给我，我没有《上海壹周》可以看，只能期待你的回信了。

谁之错

谁之错：

为了让读者有衔接，我引用一句去年11月你邮件里的一句话："在两年的时间里面我在争吵中逐渐弄明白他脾气的根源——他家里的大男子主义氛围，他自小被他奶奶带大，和他奶奶的感情最深，由此和家人的感情也是深乎所以。"换言之，这是一个明显有恋母情结的男主人公。

本来，你现在没有经济来源，什么事情都是白说，我也不该多嘴；至少得隐忍数月，等你有了工作以后再来讨论。什么时候都得牢记爱情是势利世界中的一部分，也有势利的基因，没钱就没有发言权。不过，死人占据活人的时空，旁观者霸占婚床的事情，在我们这个社会比比皆是，早说早好。

细心的人可能会注意到，在故事叙述逻辑方面，如何处理"有一位去世的亲人"，在东方故事当中，往往把重点放在在世的人如何难以忘怀，最后感天动地，而死者也往往阴魂不散；也就是说，这是三从四德的变种，死人的地位有时候高于活人——以活人的非正常化来安慰死者。而在西方故事当中，活在过去的主人公却被视为需要疗伤的人，某种精神缺损的体现，故事的结局一般会安排他（或她）认识新人，再次过上了正常的生活——以自己的正常化来安慰死者。

早有先贤说过，死人的事情是经常发生的。所以从我们活人的角度来看，我还是喜欢以正常化来安慰死者。而且从此事我们可以再提一下爱情的前提之一，爱情是以相爱的两个人作为考虑事物的第一顺位，这意味着，能不能把你们的卧室改造成准追悼会现场，你的意见不能被忽视。

这事相当罕见，其实解决办法早有教条，中国人有清明节，专门用来祭祀，其他日子都是活人的；中国人对先人牌位、遗像的放置都有严格的讲究。套句略显愚昧的话来说，他的做法可能对生者的"风水"不利，也让死者的魂魄不安——这话可能对他挺有用的，不妨试试。

佩索阿说过："我对世界七大洲的任何地方既没有兴趣，也没有真正去看过。我游历我自己的第八大洲。"这是说精神的力量可以使一个人丰富；正如物质有反物质，这个世界上也有许多"反佩索阿"，他们见过了七大洲，却始终把自己禁锢在奶奶的怀里。碰见这种人，除了感叹一声：他奶奶的！可能别无他法了。

你只能指望通过慢慢沟通，他会慢慢长大。

连岳

2006年1月25日

生殖不是爱情的必要条件

连岳：

你好。

我知道大部分问题局外人是帮不上忙的，但是倾诉的确是一种解压的好方式，尤其是对局外人。

我和我先生结婚不到半年，原本感情甚笃，但最近谈到关于何时要宝宝的问题两人开始产生分歧，并且争执愈演愈烈，连婚姻都快"风雨飘摇"了。

首先，我尽量客观地来阐述一下他的立场，他年近三十，希望在明年而立之年实现三口之家的愿望，因为他认为太晚生宝宝会影响母子的健康，孩子长大了也会由于父母正值退休而面临压力，并且三角形是最稳固的造型，他相信有了孩子会使家庭更加团结和睦，而且他也更有动力为了这个家去奋斗。

而我刚从大学毕业不到一年，社会阅历不多，更谈不上事业上有何成就，仅仅是有一份稳定的收入而已，我的前途规划才刚刚迈开一小步，如果现在要孩子，势必会影响我的事业发展。退一步讲，我们因为刚买了一套新房子经济上还比较拮据，这个时候要宝宝不是更加增添了负担吗？我不否认自己还有一些自私的理由，比如想多享受几年比较自由的生活到各个地方旅游，比如业余报一个语言学习班或其他什么培训班进一步提高自己的修养。就算为了更体面的生活也是一种很现实的想法啊。

我也曾提出过推迟一两年的建议，但是由于家庭背景上有一些忌讳的因素我们双方都认为不可行，要推迟只能等到三年以后，这对他来说是无论如何不能接受的。

现在矛盾不断升级，他埋怨我没有责任心，而我却对自己无法决定自己何时要宝宝而感到气愤。眼看着双方僵持不下，不知何处是出路呢。

我知道婚姻中必须要有让步，但是有些问题就是不存在折衷，必须有一个人完全妥协。零和的博弈必然有一个人要受伤，而在婚姻中，赢的人到头来也不一定好过。你说是吗？

谢谢。

怜侬

怜侬：

看了越多的女性邮件，我越觉得男性群体中有一些人，真是面目可憎，语言无味。不就要一个孩子吗，"奋斗""团结和睦"这种令人生厌的套语都出来了，不就一点蛋白质，一个精子，何苦说这种傻乎乎的话语，别的暂且不说，他说这种话的时候，我劝你还是不要受孕的好，不然孩子出来可能就是一副"奋斗"的模样。

生殖是婚姻之当然目的，男人是生殖之当然主导者。这两个特征是搞坏中国人爱情的最有力杀手。三角形最稳定？在没有计划生育之前，多边形才最稳定；在可以纳妾的时代，一夫多妻几乎是每一个男人认定的完美男女关系。鲁迅先生原来指望年青人可以给中国带来变革力量，后来发现年青人败坏起来也一个样。我认为甚至更不堪，给你年青的躯体，你一开口却满嘴遗老遗少，连基本的常识都没有，大便与味噌都分不清楚。

那就让我们来确立一下常识。首先，生殖并不是爱情的要素；只有低等动物才是为了生殖而走到一块的。一段爱情要靠生殖来使它稳定、使它的散伙成本增加，恕我直言，这样的爱情很不堪，尤其对那个孩子来说，是极度的不公平，他一生下来，就是人质，而且没有人来赎他。拒绝生殖完全可以成为婚前协议的选项（无论男女均可提出，当然，男性可能少之又少），为了享受、为了保持身材、为了事业，无论高下，这些都可以成为不生殖的正当理由，没有什么不好意思的，生殖并不是女人必须为男人承担的义务——反之亦然。

第一点可能对你不适用，因为从你的邮件来看，你是愿意生殖的。第二条常识就是为你量身定做的：婚姻中的生殖必须得由女性主导，什么时候生、什么条件下生，都应该由女性决定；女性在生殖中承担的痛苦与艰难，是只爽了几秒钟的男人理解不了的。从你的邮件来看，他想处于绝对的生殖主动权，因为他制订的计划完全是按照他的"年近三十"为基点的，才算出所谓的退休时间点，以及他的"奋斗"之类的玩意，从你的年纪看，就算推迟三年，也还属于最佳的生殖年龄，为什么不能把你的时间给你的"奋斗"？本来并不可能产生任何尖锐矛盾的简单事件，搞到你要写邮件诉说，那只能说明，他太把女人当成生殖工具了。这样的婚姻，飘摇就飘摇吧，趁年轻改嫁好了。一个女人连自己的生殖都决定不了，那不是白活在21世纪了？

气话归气话，我希望你们最后还是在上述常识的前提下达成了一致同意的生殖时间表，接下来要说的是对待孩子的态度，千万不要像我们的上一代人一样，以为生个孩子有多么大的功劳，似乎孩子被他们从子宫的苦牢里拯救出来，欠了他们的人情，所以要看他们的脸色，任打任骂。我们生孩子，要知道是我们欠他们的，我们生下来之前并没有征求他们的意见，所以要尽可能让他感觉到幸福，除了不要让他太穷，不要把自己养老的责任交给他们之外，还要尽可能有趣一点，他们没有后悔成为一个人，也许做父母的，才能稍减愧疚之情。孩子若是一懂事，发现自己父母猪头猪脑的，又接受不了任何新知识，可能早早就会得忧郁症，人生就再也无法"奋斗"了。

好了，祝你们生殖愉快。

连岳

2005 年 3 月 8 日

不必海枯石烂地爱，
只须欺师灭祖地爱

连岳：

你好。看你的文字已经好多年，都应该超过我谈恋爱的年份了。从看不太明白的《格列佛游记》到现在的我是鸡汤和第八大洲，一直欣赏着你的睿智与幽默。我是一个乐观的人，很多时候都能自己解决一些棘手的问题，这次，看来需要你的鸡汤来补一下了。

先做个简单的背景介绍吧。从小至今，除去在外地读书的四年，我一直和父母住在一起。父亲对我从小到大一直执行严格的家教方式，并且到现在仍然在各方面对我提出种种所谓建议的要求。也正因为这样，我也形成了自己的处事态度，不跟父亲顶嘴，他说什么即使不同意也最多不吭声——尝试过反抗，但都以我的失败告终。

大学，虽然有父亲不准谈恋爱的禁令，但天高皇帝远，我还是开始了我的初恋，也就是现在的女朋友。毕业回到家后，一开始我们在父亲面前仍然以同学身份交往，然后逐渐增加频度和热度。现在父亲已经默认我们。

虽然一切向着好的地方去，但有时会出现状况。大的方面，虽说父亲已经默认我们的关系，但他认为我还不到结婚的年龄（我25周岁，女友同年），再过个一两年比较合适。但对我女友来说年纪已经不小了。小的方面，父亲时不时会对我发火，说我们的见面次数过多，浪费时间，一周两三次足矣，有空余时间应该多看看书提高自己。但女朋友一个人在这个城市，没有家人和太多的朋友，我想我应该多陪陪她。还比如，有时候女友来我家，我出去接一下，父亲也会觉得女友经常来可以自己直接上门，我没有必要出去接。诸如此类，不一一列举了。但要说明绝不是父亲不喜欢我的女友。

我不能也不敢和父亲吵翻，因此只能尽量满足他的要求。但我也不能冷落了女友，因此也尽量多关心她。而且我也不能把我父亲的要求说给她听，因为我觉得女友会对父亲有意见，从而造成恶性循环，今后也会有隔阂。就这样，我在双方中间找着平衡，尽量不得罪任何一方，但你知道有时候是根本不存在这个平衡点的。于是，父亲觉得我花了太多时间精力在恋爱上，女友觉得我没有真诚地去关心她。这时候，我觉得很无奈，也很委屈。

不要建议我和父亲坐下来好好谈，从来就没得谈判，只能"和平演变"，走渐进路线。女友那边，她已经很理解我，作出了不少牺牲，但有的时候我还是不得不表现得不那么好。

连岳，你有什么其他好的建议吗？

UHT

UHT:

几天前，有人在MSN上跟我说要逃到国外去，因为时空太过逼仄。虽然此人拥有阅读与静坐两项避世武功，还是觉得周边压力丛生。我当然支持这个决定，反正在国外呆不习惯，买张机票回来就是了。我总觉得，我们某种程度上生活在"鬼影憧憧"的世界里，翻开族谱，可能有一百万位祖先，而且全没干成"光宗耀祖"的大事业，这份重责大任就一代接一代，通过生殖往下传，往往一个新生命诞生之前，他一辈子不可能完成的任务就制定好了。

让我们从当下的大热人物说起吧，李安中学时数学老是考零分，所以没办法读好的大学，这显然让当校长的父亲相当没有面子，所以一直觉得这个儿子没有出息，甚至在《卧虎藏龙》得奖以后，他父亲还在担心他的生活没有保障，劝他改行。在老先生的价值观中，当然是读个好大学，当个律师、医生什么的，是幸福人生的样板。李安这么有功夫的儿子，都得在父亲的价值阴影里生活那么久，更别说其他人了。

我们虽然没有李安的才华，可是，我们有李安没有的脾气嘛。在这种社会背景下，碰上父母开明的，那就算前辈子写情感专栏积了阴德；大多数父母是不通情理的，温顺的孩子处于严密控制之中，可能除了不要做给他们看，其他都要亦步亦趋当傀儡才能满他们的意，换言之，就是他们借我们的肉体谈恋爱而已。

你是不是越看越像我要挑拨两代人的关系？

是的，年轻人不快乐，那全因为没有人出来挑拨两代人的关系，全在于孩子们太乖了，发一点的脾气嘛，你都25岁了，也读了我的专栏五六年了，怎么我的坏脾气没影响你一点点？

有句套话，说为了爱情可以海枯石烂，换句实在的，符合中国当下特色的，为了爱情，我要欺师灭祖。乖乖牌，注定没有幸福，只有当恶人，在他们太过分时（比如你父亲的作为），毫不让步地坚持自己的意见，让长辈们知道你的私权利神圣不可侵犯，才能享有一点"恶人的单纯"，想牵手就牵手，想炒饭就炒饭——这样，才算是恋爱吧？

美国学者福山曾经得出一个有趣的结论，美国人之所以愿意冒险去实现自己千奇百怪的理想，那是因为根本没有一个模式去框他们，父母要他们如何如何，祖宗又要他们如何如何——事实上，他们的祖宗少得可怜，这点在文化史炫耀上似乎占了下风，偏偏给了每一代新人无限的空间。

你看，你不仅有我，还有大学者的支持，更有爱情的动力，是时候对父辈们说不了。不然，我对你的爱情及你的未来是极度看淡的，按你父亲的模式成长，只能成为相当无趣的一个人，我实在想象不出为何一个老头去管自己25岁的儿子恋爱细节，若我不敬一点，可能就猜他有心理疾病了。

连岳

2006年3月22日

不仅要讨巧，更要卖乖

连岳：

你好。其实现在我正坐在美罗城一家叫作普罗旺斯的树的店里等待第 N 个相亲对象，本来是要准备工作中的选题，可是忽然想起一个叫作连岳的人，一个很麻辣的、经常把话说得很"拧巴"却又很入理的情感私塾先生，于是笔锋一转，话题就到了自己身上。

还有两年，青春的尾巴就抓不住了，可是看上去还像 82 的小妹妹（当然穿上黑色小礼服还是很 sexy 的），有人说我即使过了 40 岁也是看不出年纪的。可那岂不是成了妖精？要是真成了妖精也不赖，起码能勾魂摄魄地弄个人傍傍身，所以我现在最忌人家夸我漂亮可爱，因为真的是可怜没人爱。大凡知道我恋爱史空白的人无外乎一个表情：弹落眼球，是啊，在大家眼中我条件优越没理由没恋过呀？可是这不是上学读书，小学、中学、大学一路升上去，不是什么事情都能按部就班的，所以现在我只能抓紧时间做个插班生了。

　　其实也不是没喜欢过谁，可这事儿就怪了，喜欢我的都是我不喜欢的，我喜欢的都是没法在一起的。第一个，觉得我太强势，其实我挺可爱有趣的呀；第二个，花心萝卜头，从不追女人只享受被追的眩晕感，无奈我懒人一个，不喜连滚带爬地倒追；第三个，感觉最投缘的理工科男生，可人家忙于立业，天南海北地飞，想放电也没对象感。

　　有时候我怀疑自己爱无能或是沸点过高，总抓着第一感觉不放，所以至今还荒着。有个姐妹说，得抓几个男人练练手，不然以后碰到好男人你都不懂怎么留住人家。理论上绝对对，可让我和没感觉的人相处这第一步就是迈不出，而且这是对人家的不厚道，对自己的不人道。

　　现在，度过了一段极郁闷极崩溃的日子，我稍微平静了，与其饥不择食还不如静观其变，当然了，要是有合适的机会还是要主动示好的，就算是讨巧吧，但绝对不卖乖的。

　　连岳，我知道你在想其实我没什么大毛病，就是会间歇性地恨嫁，没办法，感觉它像个定时闹钟，真的很闹心啊！所以现在必须倾诉一下，但如果你觉得有更好的办法让铃声不那么聒噪，也希望你不吝笔墨，向我反倾诉，不用担心火力过猛，我属于吃猛药讲实效型的，就到这里吧，人家快到了，我得整理一下情绪。

　　以上内容是晚上等人时手写的，回家又打了一遍，顺便说一句：这 N+1 个也永别了。不好意思，你今天又要倒一桶垃圾了，受累了：）

sexy

sexy：

在这个世界上，有一个绝对的王者，我们一定要敬重他、景仰他、顺从他、不怀疑、不抗拒、不侥幸，甘心当他的奴仆，无论他怎么折磨我们、忽视我们、虐待我们，我们都要遵守他的规则……

嗯，我的意思不是说我们要S/M。

这个他，是时间。时间是线性前行，绝不回头的。老了就是老了。

你挺会自娱自乐的，"有人说我即使过了40岁也是看不出年纪的"，这种话你也信？你难道没有看过40岁的女人吗？如果看不到，那可能是因为40岁的女人都不爱让人看到吧。一个女人到了40岁，是一定看得出来的；有个把确实看不出来，那是她们看起来像50岁。

在老虎机前面，你还有一丝胜算，在时间前面，从来没人能赢。

所以，你一定要抓住青春的尾巴。中国有个古人说青春就像兔子；澳洲有个智者说青春就是树熊；非洲有句谚语说青春好比乌龟——这三种动物的共同之处就是尾巴很短。

爱情中的有些感觉，有时间属性的，初吻一定是十六七岁的青涩，而第一次发生在二十来岁的紧张，绵长的、进退有据的追逐当然在三十来岁时出现比较衬。第一个吻在30岁时姗姗来迟，双方可能都不习惯。爱情的季节轮回也跟四季一样，冬天才发芽，是不知道"春"字怎么写的文盲加情盲哪。

爱情的时间性就是错过就没得补了。无论再怎么漂亮的姑娘，恨嫁都是时间对她的惩罚——这意味着一些有意思的事情没有发生嘛。

你一切都好，性感、文字好、逻辑又强，而且还青春。

对了，你说，你还对自己厚道，对男人人道。不过，在我看来，这其实是缺点。

爱有时候是没有尊严的事情。对自己刻薄一点，对他人冷酷一点，有时候也是必须的。这原则放在你身上，就是脸皮稍厚一寸，看到喜欢的男人，主动追求，用尽手段，就算伤一丝自尊，也是值得的，最终把他搞到手，当然算赚到；不成，就赚一个彻底死心，绝不后悔，又有什么了不得的？

好男人与好女人一样，几希！你的品位看来不低，你心仪的男人，自然也会有其他女人同时准备下手，硬要娇滴滴在旁边拗拗姿势，等他拿钻戒来下跪，这样的事情是没有滴。

你其实还是有所察觉，说"要是有合适的机会还是要主动示好的，就算是讨巧吧，但绝对不卖乖的"。有认识，但是远远不够，好男人少到什么程度？举个血腥一点的例子，你架把机关枪在外滩扫射一个星期，也不可能误杀一个好男人。

不仅要讨巧，更要卖乖。

有人转述赵赵如是说："每次一有人向我求爱，不管那人是什么人，我心里就充满感激与羞愧，我是谁呀，人家凭什么想对我好啊！"这话我没向她求证过，管她呢，这么好的话硬安在她头上，想来她也不会怪我。这话说出了男女共同的心声，你向一个人示爱，别人都是心存感激的，主动的那个人，不会没面子的。

　　你大胆卖乖吧，祝你好运。

连岳

2006年3月29日

重新认识私奔的重要性

连岳：

　　第一次给你写信。不知你是否会看到。只是我觉得我现在所经历的是现在社会非常现实的一个问题。并且很多人都会遇到。

　　我是一个在南方长大的女孩，可以说从来没有去过北方。但是我在我们这个小城镇认识了我现在的男朋友，他是兰州人，一个来自大西北的男孩。一般印象中他们那的经济相对比较落后。当他告诉我他们那的房价均价在2000左右时我就能想象出有多悬殊了。而他的父母也只是刚退休的普通工人。所以，当我父母知道一切后，极力反对我们在一起。甚至极端到去他的工作单位闹事，还要找他们领导。我虽然很理解他们的出发点，但是我也无法忍受他们这些极端行为。我爸爸甚至扬言要找人对付他，直到他放弃我。

　　在我生活的这个小城镇的人，都有些夜郎自大的心理，非常地排外。这里很多人在几年之间暴富，但是素质和修养都无法跟上，我父母也是其中之一。在他们的理念中，没有钱就什么都不是，只会被人看不起，这个"没有钱"包括了只买得起车和房的普通人，他们认为必须要找个有钱人，就是至少有企业，开奔驰、宝马。因为我们家的亲戚大多都很富足，或者都嫁得很好。他们不会想找这样的人是不是能给我幸福，是否合得来，我父母离过婚（虽然现在复婚了），他们对婚姻根本没有信任感，他们觉得结婚就只是过日子，什么爱情全是空的。钱才是真实的，只要有了钱就什么都有了，而且不会被人看不起。有钱生活肯定能过得幸福，甚至说即使不幸福，以后离婚了也不会吃亏，至少还有足够的财产拿。

所以以他们的要求，我现在的男朋友是根本无法达到的，他能给我的幸福太渺小了。他能给我的未来是没有保障的。

他们的观念和我的爱情观完全背道而驰，我觉得生活根本不需要大富大贵，只要能支出日常开销，略有存余，已经很足够了，最重要的是和自己的 Mr. Right 过得开心，幸福。我想把自己的婚姻经营得美满，而不是时刻算计着金钱。

但是如果我把这些想法告诉父母，他们肯定会说我想法太幼稚，过日子和爱情是不能画等号的，没钱的婚姻爱情肯定会变质，什么矛盾都会因为没钱而激化，到时候没有感情只有相互抱怨。

　　我不知道我是否该为了现实的婚姻而放弃我现在的幸福，身边很多朋友有非常明确的目标，嫁有钱人，但我实在无法让自己接受那些穷得只剩下钱的人。但也许，真如父母所说我肯定会后悔，而且现在趁年轻不找，以后都没人要了（身边的人都这样说我，甚至同学也如此，虽然我才24岁）。

　　身边的朋友无法给我客观的意见，我自己也无法掌握现状，如果再这样下去我怕会迷失自己。我非常想听听您的意见，希望您能帮助到我。谢谢！

Ms.Right

Ms.Right：

先恭喜一下，看来《上海壹周》的发行已经走出上海，普及到暴发小城镇了。也许让你的父母多看看这份报纸（如果识字的话），过个十来年，他们教养提升，可能就同意你们的婚事了？老伯的暴烈性子倒真是独树一帜，看不顺就找人对付，"买凶拍人"不仅在富人阶层日益流行，看来也成了淘汰不合格准女婿的最有效方法。

有两个解决办法，一是你父母既然认为钱那么重要，他们看起来又暴发了，那么为了女儿的幸福，嫁妆丰厚一点嘛，包个五百万的红包，不是宝马也有了，房子也有了？何苦为难来自大西北的有为青年。你会说，我父母不同意的……

只好祭出必杀技了，以其人之道还治其人之身，找些人"对付"一下两个老家伙。当然，你还是会说，我父母不同意的……

那就按你父母的要求去嫁吧，将来幸福不幸福，有没有爱情，我是无所谓的，反正是你嫁人。

你认为一个情感专栏会很在乎你的幸福吗？你认为数以十万计的读者会在乎吗？你的父母会在乎吗？你的同学与朋友会在乎吗？谁也不会在乎的。只不过是你独自去和人行房。你千里走单骑，我们都是开心的看客。

太冷漠？这就是世界的本质。萨特说了，他人即地狱。能不能进天堂，全看你自己。指望他人为你盖好天堂，没人有这个命。父母 Right、朋友 Right、社会 Right、工作 Right、男友 Right、财富 Right，再加上性爱也 Right，然后他是 Mr. Right 你是 Ms. Right，这么想，脑子就有点不太 Right 了。

爱情与金钱的关系，我们讲过许多次了，不再重复了。我们说一说中国古代妇女的一项爱情技术。

在很久很久以前，父母（有许多也是暴发户）决定着孩子的婚姻，而这种社会架构之下的女性，没有经济基础，没有社会技能，她们背着大逆不道的罪名，冒着遭受"浸猪笼"等惨无人道的刑罚，与相爱的男子，在夜黑风高之时，义无反顾地走上不归路，史称"私奔"。虽然反动势力残酷打压，但是历朝历代为了爱情牺牲的杰出女性坚韧地把"私奔"技术传承了下来，没有她们的薪尽火传，就没有今天女性普遍能够自主选择自己爱情的幸福日子。

说实话，现在碰上这种脑筋彻底不好用的父母，其实还是运气，因为谈判都可以省了，不鸟他们，两个人去别的地方找个工作安个小家，过自己的日子，在这种现代版"私奔"当中，不仅社会舆论都会站在你们这边；还少了人情世故那些不得不鸡兔同笼的无趣事情，想来都让人羡慕。

当然，要提醒一下，"私奔"之事不必要去征求你父母的意见……

连岳

2006 年 4 月 26 日

我是如何将十个人拯救出骗局的

连岳：

简单来说，我找到了我的right，但不是一般大家认为的Mr.，而是Ms.，因为如果不是遇见她，我想我现在应该烦恼的是我的Mr. Right在哪里或者结婚需要多少钱。

刚和她在一起的时候，连我最好的朋友都问过我是不是因为找不到男朋友太孤独所以才找了她。为了这句话，我哭了好几个晚上。那时候我没有办法理直气壮地说NO，还很孩子气地恨了说这句话的朋友好久。而现在我可以很轻松地笑笑不再在乎这样的事。Ms. Right是要自己判断的对不对？用五年判断她就是我的Ms. Right应该不算草率是不是？

五年的时间我们一起经历了很多事情，除了性别，我想我们和普通的情侣没有什么区别。而且，虽然同样是女孩子，她却事事都迁就我包容我，在我脾气最变态的日子里，丢她一个人在街头号啕大哭，也不曾想过要放弃我。为了和在两个城区的我见面，她每天晚上坐车过来，清晨5点就要出门去工作。我说想要一面镜子，她去很远的地方买来，同样在最热的天气里扛着镜子走了40分钟给我送来。现在我们终于能在一个城区，经常能见面，一起出去的时候，她从来都不让我拿重的东西，还替我撑伞。发烧拉肚子一个星期没有进食，为了不让我失望还是坚持要陪我出去玩。事情还有好多好多，在平常回想起来的时候我都会觉得很神奇，这个世界上竟然会有这样的一个人如此喜欢我。就连我的同学也会感叹地问我：你是何德何能 :)

虽然我喜欢的人是个女生，但我从来不在所谓的圈子里混，对其他女生也毫无感觉。而且，我完全没有办法想象离开她，去找另外的人。现在我和她在一起的感觉，不像是刚开始的时候，会为对方的一句话心跳，说些爱不爱的话，就像是别人常说的爱情升华到亲情，谁会割舍得掉自己的亲人。

但是随着年龄的增长，压力自然渐渐大了起来。身边的人都催促着我应该开始找男朋友了。妈妈也开始催我相亲。虽然我和她曾开玩笑说，实在不行我们就去相一次让父母安心。但这毕竟不是长远之计，而且我知道，无论我们谁去相亲，即使只是为了敷衍父母，另一方的心理也会难过。

以前她经常来我家住，但现在为了避免我父母的怀疑，也不常来了。虽然我的心里认定我这一辈子都想和她在一起。但对着母亲隐忍的焦虑，心中又感到十分的愧疚。

她和我说，要让自己过得好，过得快乐，让你的爸妈看到，即使不结婚你也可以过得幸福，算是最折中的办法了。可是我的工作平平，收入不高，妈妈却总想着让我找个可以依靠的人，让我有个着落。着急着我年纪再大便找不到好的归宿，而我又不敢告诉她我已经有了想要一辈子在一起的人。她问过我，有没有信心和她在一起了。我回答得理直气壮，当然是有。因为我知道我没办法离开她，她也离不开我。可是又不敢想象万一有一天事情的真相被发现，不得不向父母摊牌。就算能瞒着父母一辈子，但让父母的后半生都替自己的婚姻着急，让父母承受别人异样的眼光，我又觉得好愧疚。

何德

何德：

　　最近收到一系列情节大致相同的女性邮件，说是碰上一GAY，痴情地爱着自己，甚至不惜为了她而改变性倾向，从而让自己意乱情迷，难以取舍。多得我都怀疑是一深谙流行风向的骗婚团伙在集体行动。

　　我们来说一常识吧，如果是gay，他就只会爱他，如果是lesbian，她就只会爱她，不可能因为爱情，改变自己的性倾向，反而只会更加坚定自己的性倾向。如果能改变，那就是在以谎报自己性倾向的方式来博你的好感——让你觉得自己魅力无限，以至于能改变一个人的性倾向。性倾向和左撇子一样，是天生的；它们唯一不同的是，左撇子可以训练使用右手；而性倾向却更改不了。所以，有一异性跟你表白，说你改变了他的性倾向，千万不要感动，它只不过是新鲜一点的花言巧语罢了。

　　同性恋曾经与"罪错"相联结，但是随着常识的普及，逐渐为大众宽容地接受，以至于一向在道德观上持保守态度的奥斯卡也把最高荣耀给了同性恋题材的作品。在这几年，时尚圈、艺术圈就不时有人以"同性恋"的伪装博出位，抢媒体的头条。我甚至看过一男歌手在电视通告里娇滴滴地说：不知道也，我认为自己十五岁以前，有点GAY，十五岁以后，才开始热爱女生；当然，现在看到男生，金城武那样的，难免也会动心……

混账东西，还是把歌练好吧，想这样扮酷来扩大自己的消费群，当大家弱智吗？

上面的常识你比谁都更清楚。当然我也明白这个世界还没有宽容到平和地接受的地步，尤其是在我们这样一个还普遍缺乏常识的社会里。你要比别人多承受一点社会压力，甚至是歧视，这是必须得有的心理准备；当然你也可以像其他人一样搭一个异性婚姻的假象以抵抗社会压力，在"安全"的面具之下偷偷进行着自己真正的爱情——就像你现在准备实行的那样。

让我用简单的算术方法计算出这两种方案的"受害成本"。

第一种，你听从自己真实的感情，如你所言，你只骗了你的父母，后果是让他们焦虑。乘以二，你们骗了四个人。

第二种，你开始伪装，找个男人成立一个家庭，当然为了将社会角色扮演完善，你还得生个孩子，而因为你真实的性倾向，你必然会继续与"她"的爱情，这样，你骗的人是：你自己、你的父母、你的丈夫、他的父母、你的孩子，七乘以二，你们总共骗了十四个人。

第一种方案需要独身的伪装（姑且认为你没有公开性取向的勇气），你的勇敢指数可能得高一点。第二种怯弱的方案是多骗了十个人，以换回你父母暂时不焦虑——你还得保证你的真实性取向一辈子都不败露，意味着你得忍着恶心与你的丈夫嘿咻，装一次也许容易，装一生可能难了一点。

我建议你选择受害成本低的第一种方案。大家都不要装。

祝你们快乐。

连岳

2006年5月3日

大和尚如何写"佛"，
我们就如何写"爱"

连岳：

我实在受不了了，请你帮帮我。

从小到大，不管是在父母老师还是同学朋友眼中，我一向是一个好脾气的女孩，本性随和大度，咱毛主席就曾说过："风物长宜放眼量，牢骚太盛防肠断。"可是遇到这样的事情，我也实在忍无可忍啊。

我原本对烹饪充满兴趣（这对于80后的上海女孩来说可能不多了吧），为了体验亲手制作美味的乐趣，即便多洗几叠碗也心甘情愿。有了家之后我也主动承担起做饭的家务包括洗碗，每天坐在车上就在想晚饭做什么菜，下了班就兴冲冲奔回家开烧。可是老公总是频繁地出现在厨房里指手画脚，把我的乐趣几乎剥夺殆尽。"豆腐怎么切成条状呢""青菜放太多了""火太旺了""你把芹菜的嫩叶全都摘光啦""绞肉机插电源前也不查查开关""一个茄子够了，两个人怎么吃得完那么多"……天哪！怎么会有大男人整天在厨房围着灶台喋喋不休啊！

我一气之下说："那你来做好了。"然后他又说我推卸责任！就算领导分配任务给下属也讲究"用人不疑"啊，既然把任务交给他就要充分信任他，放手让他干，确实有问题就果断地制止，也不能没完没了地干涉啊。就算老公对我做的菜不满意，他也可以在我做完之后提出意见或者干脆给我示范一下啊，至少也得让我把一道菜从头到尾完完整整地做完啊。怎么说我做菜的经验也比他多多了，如果他的确做得好并且能够在请客的时候一个人扛下四菜一汤我也就不说什么了，可是真正让他上的时候一会儿要我拿盘子一会儿问我哪个是盐，常常在菜快炒焦时跟我叫："快，加水加水！"难不成还要给你个大厨专门配个助手不成？

我终于怒不可遏地冲他大嚷一声，于是我们之间连坐下来心平气和地谈话的机会也没有了。

到如今，不仅我对烹饪兴趣大减，连吃饭都没有胃口了。

请你帮帮我吧。

谢谢。

花也怜侬

花也怜侬：

　　总的来说，这是一封甜蜜的邮件，是普遍的灰黑悲情之中的一道快乐光芒。我估计很多男人看了会醋劲大发，80后的青春身体，60后的厨房热情，完美结合，没多少人有这份福气的。所以，我给你的明确建议是：烹饪烹得不爽，以后彻底不烹了，买份快餐将就好了。

　　吸烟的恶习会折损一人六年的性命，戒不了而又想长命百岁，怎么办？那就结婚，据统计，婚姻能延长一人七年性命，两者相加，还赚了一年。随着全球人口荒（中国、印度除外），各类统计绞尽脑汁让人结婚生孩子。我相信快乐的婚姻有延年益寿之功效，不幸的婚姻估计也是折寿利器，怎么可能收获"七年"利润？而婚姻的好坏，在多数情况下，其实不好做黑白分明的判断，碰上大是大非的，算是运气。老公多金又多精，温柔又体贴，犀利又风趣，落水时又先救你由他妈随波沉浮，写邮件来问，我当然是恭喜贺喜，祝你们白头到老；而老公早上暴捶你一顿出门，上午赌输了十五万，下午去抢了银行，回家吸完毒后又把孩子从七楼抛下，再当着你的面给情人打电话，你来问吉凶，那当然是能断则断，能逃则逃，能下毒就下毒。

　　有句话现在被说滥了：魔鬼藏在细节当中。但不是忍不住说一下。真实的情感特质（无论是冲突还是吸引），其实都是以细节的形式出现的，我引用两封邮件里的话语，来证明这点，"连岳，不要笑我，我是真的很想尝试一次，在信里不方便讲太多关于我和他的事。他的父亲是个有权有势的人，所以他也从小就比同龄人成熟，但我不敢说他是'熟男'，呵呵，对于我和他之间的关系，我认为会有很好的发展，可以说，在经历了好几场恋爱后，在确定自己要什么类型的男子之后，发现他80%都符合了我的标准而那剩下的20%，是我们还欠缺真正的相处。他马上就要回国了，我很怕面对他时会不知所措，如果他还是坚持要与我'最后一步'我该怎么办？"

还有一封是一个伤心的男生的邮件，"一直没有勇气向自己喜欢的男生表白，因为害怕世俗的眼光和其他的种种。直到上了大学，逐渐知道一些网址，才开始在上面灌水。有一天在一群老斑竹的怂恿下，我发了几张自己的照片上去，没有其他的，只是写着简单的征友二字，因为我寂寞久了。没过几天，一个人加了我的QQ，不算很帅吧，只是单纯地喜欢他的牙齿，很白，很细。然后有了不可避免的落俗：电话，见面，恋爱，做爱"。

无论是现实的"有权有势"，还是唯美的"很白很细"的牙齿，这些细节都寄托着不同爱情的全部内涵，而你的细节是厨房里的打扰，它们都像是一部长篇小说的第一句话，结局幸福与否取决于细节如何演化。里面的**魔鬼**是什么？是贪婪、是控制欲、是监视心态。

说一个禅宗故事，一个小和尚研墨铺纸，一个大和尚挥毫写"佛"字，大和尚每写完一次，眼尖的小和尚总是能找出瑕疵，写了一百张，依然没有写出圆满的"佛"字，最后小和尚内急去走肾，大和尚忽然觉得压力全无，信手写了一个"佛"字，小和尚回来，赞曰：逸品！一个聪明的旁观者尚且给人带来羁绊，何况是那些刻意要显得高明以达到控制目的的"指挥"呢？情感中各自安心做自己喜欢的事情，甘愿犯自己的错误，另一个人此时适当闪开，可能是最重要的细节吧？

连岳

2006年5月24日

旗帜鲜明地反对爱情当中的"试探"

连岳先生：

父母在我出生的时候把我遗弃在出生医院的床上，留下了他们起的名字和我的生辰八字的字条就走掉了。是护士奶奶把我养大的。在我14岁那年，她也生病走了。

我就靠打工养活自己，并且在中学的初中和高中跳了两级，所以我比同学大学早毕业两年。今年我25岁，做分析师。我买了房，正准备买车。我本来的计划是买了房和车后，就开始每年一次的走世界计划。

我在大二谈了一次恋爱。他是我高中同学。后来他也考进了我的大学。在我进了公司后的一年，我们分了手。当时我天天上班，晚上上课。没时间顾着和他谈恋爱。我当时就一心想着要在公司站稳脚跟，然后实现我的计划。我也和他谈了我的想法，也许他寂寞吧，和我的同学好上了。并且告诉我的时候，是他约我去咖啡馆，然后他和她双双挽着手进来告诉我他们要结婚了。我当时脑子一片空白。但是我还是强颜欢笑地祝贺了他们。然后请了假，去了烟台，在海上漂了几天。一星期后，好了。

这以后几年，也有男生追我，可是我始终没找到感觉。其实我的心里是想找个在感情上能够依靠的人。他是我的父亲，我的哥哥，我的爱人。而在物质上我考虑很少。我只要能够真正爱我的人！懂我的人，而不是仅仅喜欢我的外表。

直到今年，在网上我认识了一个在香港教书的上海人。他比我大19岁。他儒雅渊博，心胸很博大。他在日本留学，学习了摄影，并且得了许多奖。他没有房子，没有钱财。他的钱全投入到了摄影里去了。他很诚恳很坦率。我爱上了他。他也爱我。我并且表示在经济上和精神上坚决支持他的摄影事业。他也想要回到上海发展，和我在一起。本来是很顺利和开心的事情。他在6月底就要来了。

可是前段时期，他在上海的朋友纷纷和他说，你不要轻信网上的爱情哦，当心吃亏。他也告诉了我他朋友的话，我当时就说，本来我不知道在爱情里什么是吃亏便宜，现在你朋友告诉我了，那你感觉怎么样呢？我不知道你吃亏在哪里。你来上海和我结婚，就是住在我的房子里，没有要你共同还贷，也没有要你去朝九晚五地养我。我只要你一心搞摄影就可以了。然后就是全心全意地爱我。要算的话，究竟谁吃亏啊？

前天，他的香港朋友给他出主意说，你要小姑娘寄两万元钱过来，试试她看，是否真正有诚意支持你的摄影事业。如果不寄就说明要打折扣了，当时他让我寄钱给他买照相机。我就感觉他真正的目的不是这个，而是试探我，昨天他承认是为了试探我，我就生气了。难道我真寄了钱就算我是诚心诚意的吗？难道我们的感情要你的朋友来证明吗？那你怎么想的呢？你也不相信我？如果你们不是这个目的的话，为了买照相机，我花几万又何妨，现在是这个目的，我就不寄。即使你花了车费来上海了，那你又有什么损失？我又没要你买什么东西，也没要求你一定要买钻石来求婚。我只求一个真正爱我的心啊！

我没寄钱。我不想这么做，我认为很荒唐。我想你反正要来的，我所说的话，我的心，到时候就知道了呀！难道非要这个两万才能证明吗？那是不是意味着花两万买你朋友的信任？

我的好朋友还不知道他是没什么钱的，否则不把我骂死才怪。我是坚持我的信念，我要找到真爱，而不是经济为主的感情。

可是，连岳先生，我还是想听听你的意见，我的想法对不对啊？我是否坚持得对？

25岁姑娘

25岁姑娘：

你被父母抛弃是个不幸事件，不过你已经战胜了这个厄运。父母反正不成器的居多，对许多人来说，还要羡慕你这点呢。但是你要担心毁你的另一个阴谋正在形成：如果你的爱情就是找一个不事生产的爹回来供着。

世界当然需要参差多态，所有男人都一个调调，物质得很，挣钱是至高的目标，那样也显得无趣，因此不应该反对一些男人为了所谓的艺术与文化献身，搞得自己有上顿没下顿，凡高不仅一无所有，还割了自己的耳朵呢——人类的价值确实是由这些特立独行的疯狂人物创造的，但是！但是，我极度反感那些拍了几张照片、抹了几笔颜料、写了几行文字，就摆出一副奉旨填词柳三变的委屈模样的男人，仿佛每人都欠他一百块钱，大家都要奉承他，安抚他，当然在爱情领域之内，他自然也认为应该有小姑娘自带房车（可能最好还像达坂城的姑娘一样领着妹妹）崇拜地匍匐在他前面，成为"FANS、情人与供养者"一体的"圣三一女人"。我原来以为这是恶俗气质的顶峰，谢谢你让我开了眼，原来那个大你19岁的儒雅渊博心胸博大摄影家才是恶俗的光明顶，他竟然还要试探一下"圣三一女人"。

我一听到"试探"这两个字就头皮发麻，更可怕的是那么多人把它当成宝。加缪的《局外人》里曾经说到过一个捷克故事：一对夫妻离乡经商，多年以后发了大财回家，他让妻子暂时留在城外，自己入住妈妈与妹妹经营的小旅馆，然后"不经意"
地露了一下财，结果这两个女人是狠角色，当晚就把他给宰了；
第二天早上他妻子兴冲冲来见证家和万事兴的团聚场面，大家
才尴尬地知道发生了人伦惨剧。所以生活中不要试探，会出人
命的。要在爱情中刻意制造出试探情节，除了让自己丑态百出
之外，没有任何好处。圣雄甘地都对别的女人起过春心，何况
别的男人？我们不要去试探别人，那样显得很无知、很无聊、
很无耻；反之亦然，来试探自己的人，也同样是一个"三无"
人员，可以把他像灰尘一样掸掉。

　　诚然，爱情理想有其重要的"保险功能"，就是在"患难"的
时候至少能从一人身上得到依靠；但是爱情与人性现实却往往会
让这个人离开，让你无依无靠。因此一再说，无论男女，要有基本
的经济基础（不穷），要有一定的知识养成（不土），至少有一定思
考能力（不傻），才能在这个冷酷的世界里避开所有"患难"，快乐
幸福地到天长地久。也就是说，爱情的重要功能是"避难"，闪开
那些能让人性变冷变丑的局面，而不是吃饱了撑的去"趋难"，躲
在暗处打"试探分"。又不是卖卤料的，这种猪头，要来干嘛？

　　我的结论是，我支持你的决定。他配不上你，他配不上任
何女人，让他以自慰和试探度过自己凄凉的下半生吧。

连岳

2006 年 6 月 28 日

从灵魂的出口逃狱（兼论 40 女人）

连岳：

你好！

说实在的，一直以来我看到诸如此类专栏都会觉得有一丝滑稽，从不认为连自己都解决不了的问题仅仅靠陌生人的只言片语等就能够化解。可是我要说的这一切是憋在我心里十多年的事情，我不能和任何人说，我想如果我再不跟人聊可能就快疯了。我想认为自己有忧郁症的人应该不会有，是吧。可我为什么永远都不快乐，而且失眠，甚至有时看着窗外都会觉得如果一脚跨出去了或许什么也不用想了。

说来话长，认识他（以下简称 Y 吧）是在我刚痛定思痛结束了我的一段维持了两年的感情之后（当然之前的一段感情也是遭人唾弃，不被看好的，因为我爱上的是有妇之夫）。也许那时的我年轻开朗，所谓的拿得起放得下，很快我就和 Y，还有公司的其他年轻人打成一片，每天开开心心地上班，下班后三五成群，那段时光可以说是我到目前为止以来最快乐的日子，什么也不用想，所以说，年轻真好。渐渐地，我就发现Y对我特别用心，他总是在上班的路上等我，并且送我下班回家，慢慢地，我们开始淡出原来三五成群的小圈子，开始了属于我们自己的约会，一切都那么自然，那时的我说不上真的非常喜欢，可是他的英俊、高大、幽默和爽朗确实很吸引我。我想在那个年龄的女孩子一定还是有些虚荣心的，不过在同龄人中我想我也算是出色的吧，所以我很享受每当我们在一起别人投给我们的目光。有一天，Y告诉我他要装修新房了，多可笑，他快要成为别人的新郎，我却还在编织我的美梦。再过了两个月他结婚了，再之后他的新婚妻子怀孕了。没说的重点是我并没有和他了断，相反的是我们继续在交往，我很幼稚也很卑鄙是吧。曾经有人说过做过第三者的人永远都有做第三者的倾向，那种痛并快乐着的感觉不是常人所能体会的。

或许我的消沉和少言寡语引起了W的注意，也可以说一直以来W也对我很关心，只是那时的我沉浸在和Y的恋情中并没有去多想。接下来的事情便非常的老套，我好像抓住了救命稻草一般，没有去拒绝来自W的任何关心，他确实是个老实值得信赖的人。这中间只要Y找我，我还是会应邀和他出去。

　　和 Y 认识的十多年中，我们并没有断了往来，这中间我也曾经痛下决心，甚至换了手机号码，可之后阴差阳错我们又在一起。我也很痛恨我自己，可我真的控制不住自己。在外人眼里，我的家庭是非常的幸福，有会赚钱而又体贴的丈夫，有可爱的孩子，优裕的生活，可我为什么一点都不快乐，最可悲的是我还要在外人面前装作很快乐。我其实很享受孤独，一个人的时候我不需要做任何掩饰。

　　在快要写完这封邮件的时候，我为什么没有如释重负的感觉？不是应该倾吐了这十年来没法对人说的心事会感觉很轻松吗？不过我刚刚有一丝念头闪过，或许在我看到你回复的时候，我应该做个了断。

　　还是要谢谢你耐心地看完我的故事，谢谢！

怡

怡：

终于知道情感专栏有用了吧？说实话，情感专栏就是一个说话的地方，让说得太多的人说得简略一些，让无处可说的人如释重负，这里是坟场，昨日忧伤的尸体将滋养明日快乐的鲜花；情感专栏就是努力的蛆，耐心地消化死亡的汁液。我很高兴你意识到写邮件的过程就是在整理思绪，帮助自己下决心；人其实生活在碎片当中，不愿意动脑子，也在逃避做决定，将自己的愤怒、不满、恐惧与羞愧写下来，在这几个小时当中，就实现自己与自己的对话，一个被囚禁的自己也许就得到了放风的机会——运气好的话，她甚至还能越狱成功。

所以我不反感任何来信，从形式到内容，倾听是这里的唯一宪法。在这里我们就是一次交谈，当然，我们可能会不喜欢对方的谈话方式。先插播回另外一封信——真的是贴了邮票的古典信件，2006年6月6日写给《上海壹周》编辑部转交给我的，我在6月底收到，信件是对2006年3月29日我在专栏里说的一段话表示抗议"一个女人到了40岁，是一定看得出来的；有个别确实看不出来，那是她们看起来像50岁"。这封署名"几个已过40岁却被公认为看不出40岁但绝非看起来像50岁，并且不是自恋狂的有自知之明的正常的40多岁的女人们"的信件提出两个要求，第一是"连岳，你去死吧！"第二是要我道歉。第一条我做不到，我怕死；道歉嘛很容易，我这就说："对不起，几位，我收回我的话，改成'一个女人到了40岁，是一定看得出来的；有个别确实看不出来，那是她们看起来像60岁'，但愿能让你们满意。"

你看，任何交流都是有价值的。

我们每个人碰到的问题可能都很老套，折磨我们的魔鬼也许与别人的没什么不同，像你的故事，你爱的人不能长伴你左右，而你身边的人你不爱，这种三角关系是情感困惑当中的小儿科了，可是不幸摊上的人却可能赔上自己的一辈子。这时候倾诉与交流的作用就体现出来了，托尔斯泰与陀思妥耶夫斯基的小说主人公，碰见的也不是什么稀罕事，不外乎骗了一个女人，杀了一个恶老太，可是却通过层层叠叠的自我对话，不停地脱壳，最后羽化成圣人——当然我们不必要去当圣人，那样难度太大，我们要知道这种自我对话是人灵魂的出口，可以让它变成内心的常态，你可以不停地问自己，不停地否认自己，甚至不停地嘲弄自己，最终它会让我们变轻，会让我们看到不同侧面的自己，可能也会让我们有勇气去实践爱情当中的一些常识。

很多人像你一样，苦闷了十多年，也许一点想法都没了，任何值得向往的美妙事件，她都认为不过骗人的假象，而你的心态，真还是年轻，有一点不认命，有一点不安，有一点决斗前的紧张。如果你有40岁，那还真的看不出来呢。

连岳

2006年7月5日

爱情轻功不好，
是因为爱情内功不行

连岳：

　　我之前在学校里面有一个比较喜欢的老师，这里的喜欢仅仅是从一个学生尊敬师长，钦佩老师才华的角度，没有其他想法和杂念，何况他比我大20岁。他不止一次地明示暗示地说喜欢我。我的态度一直是装傻，回避，他直接说出口，我就直接地拒绝，毕竟，他年纪那么大，而且有老婆孩子。我还很鄙视他这样的行为。

　　后来，他出了些麻烦，他在我面前流露很多低落的情绪，诉说许多的痛苦。我从来没有看到他或者说一个平日那么光鲜的人一下子那么颓废憔悴，我心里先是不忍，好言好语宽慰他，当时就是想帮他渡过难关，让他不要天天沉湎于痛苦中，只要他给我电话，我一定不拒接了。

　　有一天，他找我去他的办公室，突然拉着我的手，说他很爱我，我不知所措，然后他就抱住我，我居然也没有拒绝。抱了很久，他问我爱不爱他，我不说话，我实在是说不出来爱，因为我不知道，应该是不爱的，可是，为什么不拒绝他呢？我不停地告诫自己不要这样，他有家，我和他没有结果，绝对不能让自己陷下去，陷得更深。但是，对他的思念却很强烈，每天都想见到他，听到他的声音。

直到一天他出差，打电话给我，问我要不要去他那里，我知道意味什么，拒绝了，他说，你再考虑一下，来了，告诉我。挂了电话后，我想了很久，直到傍晚居然跑去坐最后一班长途汽车……我单独开的房间，发短信告诉他房间号，他来了，直奔主题，而我的确还没有心理准备，我……是处女……我拒绝，想想当时真好笑，脱了衣服的两个人，斗争很久，最后的结果是他胜利……

从那以后，我发现对他的感情很奇怪，有时很想他，有时很讨厌他，而且特别讨厌他一见到我就动手动脚的，虽然我们已经发生过，但我还是不喜欢。

就这样，我们一直联系着，"相爱着"。我发现自己越来越离不开他了，他除了有家室，年纪大些，其他的个人魅力都是我所喜欢的，可是有家室是我所不能接受的，又不忍逼他，逼他离婚。我逼自己离开他，发现做不到。而他，又经常给我一些幻想，说是想要娶我，总是问我能不能冲破家庭的阻力嫁给他？我就说，不是我愿意不愿意的问题，我是自由人，你不是，你应该先具备娶我的资格。他说，我们这样不顾一切地走到一起，如果真有这么一天，都付出了这么多的代价走到一起，会不会就比以前的生活幸福呢？我没有回答，我突然很鄙视他。可是过几天，还是和好如初。

前段时间，他孩子放假，老婆孩子都去了他那，给他发短信，都被他说，让我注意信息，因为她们经常用他手机玩游戏。我突然觉得很受打击，自尊受打击。

他给我电话，说，他现在不可能走极端（就是离婚），但是他是爱我的，真心想和我在一起……简直废话！又说，耽误了我他会内疚不安的，并说主动权在我手上，我想怎么样都可以，不用考虑他的因素，他没有资格要求我怎么样……

我还能怎么说，虽然知道就是这结果，我有自尊，我骄傲自信，我什么都没有说挂了电话。

夜不成眠

夜不成眠：

　　"我很重要"，或者说"我显得很重要"，这是人生存的原动力之一。因为这点，有人会发明原子弹，有人会当恐怖分子，有人会学十门外语，有人会在街上裸奔；也因为这点，有人会歧视外地人，有人会爱炫耀，有人爱摆阔，有人爱吹牛，有人发神经；更因为这点，我们爱，我们恨。知道这点，我们可以发现，我们有时候爱他人是爱自己，恨他人其实是在怜惜自己。

　　一个"遇难"的男人让一个女人乱了方寸，这表面上看起来不合乎适者生存的进化论与强者通杀的世俗宪法，而实际上，有意无意以这种落魄美学软化女人的男人不在少数，而中招的女人更是多数——往往一个这样的男人有几个女人准备充当他的安慰剂。在这种关系中，女人显得相当"重要"，这个男人若原来"光鲜"，只不过是暂时有个闪失的"重要"男人，那么"爱"更是一定会产生的。

　　而世界上并无重要的人物。爱情当中的人，很多人多年以后不得不悲惨地发现，他们谁也不重要，再多精致的爱之神学，多么努力建筑的情之教堂，里面不过一次又一次重复着那些乏味的、周而复始的、永不悔改的无聊事件。对你真正重要的是处理家庭琐事的小保姆及居家附近的便利店，可是你不会爱上小保姆，也不至于跟便利店的张老板搞GAY。

　　自以为重要的人显得很土，一位时髦姑娘有意去白眼另一位朴素村姑，当然是前者的举止更土气。在爱情中自以为重要是要遭报应的，还好，因为是爱情，所以报应的本质是善良，它只不过会低声告诉你，你不重要。因为你觉得自己重要，所以你会频频"鄙视他"，他有那么多地方配不上你，又老又有家室，更惨的是，似乎决定权还在你手里，在两难当中无法选择使你痛苦，嫁给他吧，不甘愿，离开他吧，觉得太亏了；做出任何一个决定，都觉得让他占尽了便宜，而你的"价值"却在流失。

我喜欢那种有尊严的男女，孽缘也罢，善缘也罢，开心地融合时像水一样干净，能适应任何形状；痛苦地分手时像刀一样干净，能斩断任何依赖。感情一产生就像账房先生在算收支，你欠我几分，我又借你几厘，越算越成为爱情负资产，这是痛苦会计学，不属于爱情范畴。在任何感情当中都可以成为有尊严的男女，如果你真爱一个人，你会原谅，不计较；如果你真的恨一个人，那么恨术的最高段位是彻底不想你恨的人。这两者的情形都可以做到干净切割，步法飘逸。如果你轻功不好，步履艰难，那么多半是内功不行。

我不是一个重要的人，这点常识可以让我们不抓狂，不上火，不觉得委屈。

我是一个有尊严的人，这点常识可以让我们不纠缠，不耍赖，不痛哭流涕。

连岳

2006年8月30日

真诚包括承担后果的勇气

连岳：

你好！

我有桩幸福的婚姻，我的先生从人品到能力到对我的宽容度来看都算得上百里甚至千万里挑一，我非常爱他甚至崇拜他；更重要的是，他也爱我，而且信任我。我们两个的性生活并不频繁，但每周一到两次至少也应该算是正常，而且质量也不低，大部分时候我都能到达高潮。

比起好多给你写信的那些生活在冷漠婚姻里的女人我幸福得像在天堂一样，是吧。但为什么我这么不知足，我这么贪心，我居然想和他之外的人亲热？！

正如前面提到的，我非常爱我的先生，因此我一直相信自己是不会出轨的。退一步说，即使有时难免会有三心二意的想法，也应该是从精神到身体，这个我不怕，我自信可以做到"发乎情，止乎礼"。然而世事总是难料，目前的情况是，我的心一如既往地爱他崇拜他，我的身体却强烈地被其他男人吸引，哪怕这些男人优秀程度不及他的若干分之一。

其实我不是个保守的人，我并不认为身体的出轨是件严重的事情，我相信"爱"和"性"是可以分开的两件事。问题我先生是个保守的人，他无法接受这种不忠，而我不能容忍自己在这件事上做出他不认可的事情，不是怕他知道不原谅我，而是怕自己在他面前感到愧疚不安，哪怕他实际上并不知道发生了什么。

即使我的顾虑有这么大，我还是做了些什么，只是在最后关头坚决地守住了最后一道防线。可能除了我自己谁都不会相信，我会选择怎样的一个人作为亲热的对象。我在大学里教书，在别人眼里是个乖巧文静甚至不失清纯的人，没人能想到我也会出轨，就算出了也至少应该是个大学教授级的吧，可我的选择居然是……不知该怎么说，就类似大学教授睡了小保姆或是送外卖的饭店服务员这一类的，估计认识我的人如果得知这一点都会吐血而亡。就连被我勾引的这个男人自己也不敢相信，他最终把我选择他归结为我在他面前有高高在上的优越感，不知道他的分析对不对，我现在的感觉是自己根本不认识自己了。

你见多识广，应该不会讶异于我的所作所为，但你会怎样分析我的行为和想法呢，又会给我些怎样的建议呢。给你写信的时候我很矛盾，一方面我觉得你能够理解我；另一方面我又怕你理解我之外还支持我。

昨天夜里在我先生怀里听着他均匀沉静的呼吸声时，我觉得我是天下最大最无耻的混蛋，有着这样的爱人还心猿意马；可我的身体却仍然不时地渴望别人的爱抚……这样下去，我肯定会疯的。除了你我不相信还有谁能在这个问题上对我有所帮助。提前说声感谢！

崩溃的青蛙

崩溃的青蛙：

　　萨特与波伏娃惊世骇俗的爱情契约，彼此相爱但不限制对方继续寻找爱情的自由，这迄今仍然是最好的爱情教科书。当然我的意思不是人们应该像这位哲学家与女权主义先驱一样过日子，那种生存方式需要大智慧与大胆量，慧勇双修的人才有资格。萨特与波伏娃将"忠诚"元素从爱情的必然要件名单中删除了，两个人相爱，并在自由意志的基础上达成的契约才是唯一值得服从的爱情戒律；这戒律当然完全是私人的、个性的、不受任何第三方意志胁迫的。如果两个人认为忠诚不重要、性别不重要、繁殖不重要、婚纸不重要，他们自然可以不将它们列入共同生活的基础。

　　我坚持认为，无论爱情也罢，婚姻也罢，它们的定义永远应该开放，就像维基百科词条一样，允许不断地修改与充实。只有这样，爱情与婚姻才不会走向人性的反面，由温暖的互相呵护变成冷酷的彼此折磨，由性爱走向性恨，由人性走向魔性。也正因为如此，我们才能更加宽容地对待不同于自己的情爱模式，异性恋不妨碍同性恋，处女情结不再成为女性杀手，而法律也不再处罚不忠行为。爱情同思想一样，空气越自由，观点越深刻。所以，我不会嘲弄不同于我的爱情方式，只会嘲弄我以为的愚蠢与虚伪。你的行为足够具有震撼力，但显然我不会嘲弄你，我反而相当欣赏你的真诚。

　　不过真诚不是免死金牌，所谓真诚，除了承认自己的行为之外，还有承担后果的勇气。也就是说，你的行为见光之后，你得接受可能引发的伤害、婚姻破裂、教职不保以及陷于流言中心的不利处境，你若在那时能冷静、优雅、尽量补偿你丈夫的痛苦，那我对你现在的行为不置可否，若你在那时哭天抢地，把责任全推在他人身上，低三下四地乞求原谅，那么，我劝你还是收手吧。如果你现在的情人真是个不怎么样的男人，那你得小心了，你们的私情很有可能是他炫耀的资本——蠢男人在这方面是藏不住话的，就像蠢女人会不择手段炫耀他们男人的收入一样；有些更蠢的男人会虚构艳遇，有些更蠢的女人会捏造男人的收入，总之，蠢人及更蠢的人总是会让自己变成笑话，和蠢人打交道的成本是相当高的。因此，你要担心了。什么时候都不要和那些不堪的人玩，更不要和他们搞外遇。

我曾看过一个案例，说是一个男性大学教授，只和许多不堪的女人乱搞，后来经过心理医生诊断，发现他潜伏着很深的自卑情结。我不知你的心理状况如何，如果为了掩藏自卑，只和不堪的人搞，或者把原本不堪的人搞成很"堪"的样子，这可能就是坏习惯了。但愿你不是这类人。

如果是的话，吃吃药可以解决问题，不必追问到爱情的本质，倒也不是坏事。无论如何，祝你开心。

连岳

2006年9月7日

忠诚是爱情的美妙与残忍之处

连岳：

您好！

我的故事发生在四年前的夏天，当时我刚结婚一年半，而他也已结婚很多年了。后来才知道他蛮复杂的，他现在的太太并不是他的第一任太太，而且他还有一个孩子。

最初在一起的一年半，真的很开心，天天电话、短信不断，最多的时候，一个月居然发1000多条信，那时真的很甜蜜。而且和他做爱的感觉也真的很好，那是从来都没有过的感觉。我觉得是他让我知道，原来做女人真的是件很幸福的事情。其实我的老公对我真的很好，我也从来没有想过要离婚，也没有想过破坏他的家庭，我只想能呆在他身边就好。不过一年半的幸福生活后，却发生了很可怕的事：他居然爱上了另一个女人，而且那个女人是众所周知的坏女人，离过婚，和N个男人关系不清。他根本听不进去，很执着地和那个女人在一起，但是他却从没说过要离开我，就算我问他时，他也从不说让我离开，还说，他还是可以和我在一起，他并没有不喜欢我，只是他也很爱那个女人。最让我伤心的事，我一直很努力小心地呆在他身边，不想让任何人知道，就是怕他的婚姻会出现问题，可是他居然为了这个女人要离婚。我伤心过，绝望过，我不明白我到底做错了什么，他要这样对我。在他和那个女人最疯狂的时候，有一次，他太太出差，本来约好周末去他家的，他临时通知我说有事，不能陪我了，我不相信，在我去他家楼下时，发现灯是开着的，打家里电话没人接，手机也没人接，我傻愣愣地在楼下站了好久，连眼泪都流不出来了。而且，他还会在和我一起时，和那个女人通话、发信，我现在想想都不明白，当初自己怎么会那么笨，居然还能忍受？不过每次他在我不开心的时候，总是会和我做爱，他也知道，我和他做爱时可以很满足，所以他好像总是喜欢这样安慰我。我也怀疑自己离不开他，是因为喜欢和他做爱的感觉。他的确是很懂得如何让女人开心和满足的男人。

后来他为了那个女人离开了家。经过几个月，他还是回来了。我最终还是原谅了他，再次和他在一起。

可是幸福的感觉只是一瞬间。有次，他太太

出差要很久。他就告诉我这个消息，还说我们又可以度蜜月了。可当我期盼的日子到来时，所有的事都变了。先是骗我他出差在外地，其实明明没有出差。当我发现他说谎后，他就常常晚上不接我电话。由于我知道他手机的查询密码，于是我开始查他的通话清单。发现他常常半夜和别的女人通信、通话。就这样，我们又开始争吵。真的很不开心。他怪我太不大度，说他要点自由。我问他能否一心一意，他反问我：这可能吗？你可不可以对我宽松点？

连岳，你能告诉我，下面的路我到底应该如何走下去？这样的男人还是我爱的吗？其实这个问题，以前我从没怀疑过，可是现在我无法再回答自己这个问题，我再也找不到答案。反倒是最近比较信赖我老公。晚上睡觉时总是要他搂着才能安睡。可是对老公的感情，就是没有和他那样热烈过。一直都平平淡淡，包括从结婚开始就如此。

那我又该何去何从呢？

兔

兔：

《一千零一夜》里面有个故事，一男人把情人吞进肚子里，想偷情时就把她吐出来亲热一番；只是这个自以为巧妙的男人并不知道，当他事后昏睡之时，这个女子吐出了藏在肚子里的男情人，也亲热了一番……这就俄罗斯玩偶的原理，环环相扣，每个人形玩偶都有自己的下线，自己的秘密。这个神话也可以当成某种情感模式，你有幸拥有这种神话，你的肚子里有他，他的肚子里有她。

然后，你来跟我探讨忠诚与背叛主题。

可能有一半以上的读者，看完你的信以后，鲜血已经吐在报纸上了。如果知道因为篇幅，我还删除了若干个故事，可能还要气死更多的人。不过，我挺喜欢这种没心没肺的邮件，在任何情况下都显得楚楚可怜需要全世界怜惜；换句话说，就是盲目得不承认自己有影子。这是人性的弱点，谁都不例外的，自我批评永远会被人自然而然屏蔽，批评别人更是搞糟人际关系的最好办法。所以有很多成功且滑头的"智慧书"总是教人要尽量避免批评他人。

有趣的是，我经常收到读者的邮件建议我不要那么温和，下手要狠一点。不过我天生菩萨心肠，只能坚持奉行说好话、做好人、成就好事的三好原则。这说明作为旁观者，是可以从尖刻的话语当中得到更多快乐的，就像这次美国的艾美奖，最刻薄的《琼·史都华每日秀》就得了奖。今天我就趋附于一下流行，说句刻薄话吧，你这个花花小姐，与那个花花公子私会，基本上你们为了什么我都没意见，为了性爱、为了读书、为了美食、为了发呆、为了说彼此合法伴侣的坏话……我唯一不能接受的是，你们两个人在一起，谈论的是忠诚话题；就差说三从四德了。怎么说呢，这过分具有黑色幽默，你毫不凝滞的多重性格让在矛盾律中挣扎的凡人多么羡慕呀。

不过再仔细想一下，这正是爱情的美妙与残忍。你和他，一男和一女，正是破除了"忠诚"的信条才搞到一块，享受了坏男人与坏女人的乐趣。可是最后却因为忠诚问题吃尽苦头。这证明在任何形态的男女情爱关系当中，"忠诚"原型都是核心价值所在，你甚至达到了一个无法解决的悖论，正是因为你的偷情，反而使你有机会体会到忠诚的重要性，就像是从丈夫的怀里溜到情人家楼下吃醋，"连眼泪都流不出来了"，情爱的"忠诚"真是像影子一样，怎么偷跑，总是跟在你身后。

真是很有趣的结论。就算红杏出墙，情人对自己的忠诚依然是爱情的主要成分，是安全感与幸福感的主要来源。写到最后，得到这么光明的尾巴，没想到呀。不过，你会说你的疑问似乎并未解决。是的，不过，who cares?

连岳

2006年9月13日

与美少女战士相爱

连岳老师：

你好。

最近看了你的《爱情轻功不好，是因为爱情内功不行》，感觉你的观点颇有新意，所以有种冲动想给你写封信谈谈我的苦恼。

我是个五十多岁的上海女士，老公快六十了，还没有退。我们之间出现了前所未有的冷漠。我们已经有八九年没有夫妻生活了，我很苦恼，问他是否需要看看医生，他说自己没病。生活当中对我的意见一大堆，什么都看不惯，脾气变得暴躁，性格也不像以前豁达，变得斤斤计较。我想他不可能生理上没有需求，也许有了其他的精神寄托。他自己什么都不承认，对我如此的不理解、不负责。为之我很生气。想离婚吧，孙辈都有了，想找外遇吧，又有点心理障碍，我们应该都是比较传统的那种人。

最近看了一些文章，好像受到鼓舞，真想网

上找个情人，再谈次恋爱，来次激情，其实人到任何年龄段都是需要爱情的。

希望得到你指点，谢谢！

珊姐

珊姐：

　　我尽量保持这封邮件的原生态，但是改掉了一些容易辨认的细节，包括隐去 QQ 号里面的五个数字。这个专栏的读者可能会发现，这是一封相对简单的邮件，但它却是我非常想回复的邮件。很多人也许知道了，爱情、激情以及其他一切男女之情，总的来说，是要以身体作为本钱的，一个人容易爱上年轻人，他们皮肤绷得紧紧的，臀部结实，双腿有力而轻灵，脸上满是不在乎的神气，就算是遇上再大的伤心，也很容易重拾快乐；而一个人并不容易爱上老年人，因为他们的身体已经开始衰弱……好了，我不展示过多负面的形容了。我的意思是，人到了老年可能就沦为爱情的弱势群体了。

　　我有个朋友几年来对老年人的性生活相当感兴趣，通过各种途径去了解，结果忙了半天却更糊涂了，根本不知道这个群体里发生了些什么。这封邮件可能稍稍可以让人了解一下，在老年期，爱情的痛苦可能更难以承受，选择更少，压力更大。说是有对夫妻，90 多岁了，结婚七十来年，有一天却坚决离了婚。旁观者不明白，问他们，都奔一百岁去了（言下之意是反正没几天活头了），还离什么婚呀？老人家的答案是，好不容易熬到孩子们都死光了，是时候按自己的想法过日子了。

　　如果真有这样的老人家，我是相当欣赏的。这种绝不放弃人的自由意志的做法，正是一种年轻的美感，充满了勇气。今天这封五十多岁的女士的邮件，也具有同样的自由气质。

李银河女士最近对中国的某些老人的特征描述，有些意思，这些人在年轻的时候处于一个严苛的时空，关于性与爱的美好，几乎都没有享受过；上了年纪才忽然发现年轻人呆在一个相对自由的时空，于是嫉恨交加，成为最残忍的一群人。这说明我们老了若要可爱，就得在年轻时更加热烈地爱。

让我们来看看一个女人的故事。

BBC前段时间播放了一部纪录片，一位居住在阿姆斯特丹的54岁女性，索维娅·克里斯蒂（Sylvia Kristel），平静地讲述她日常的生活，而她的经纪人更是对索维娅的平常心赞不绝口：她喜欢阿姆斯特丹多元的气氛，像个普通人一样生活，同时绝不向世界提及她原来的钻石一般耀眼的青年时光。

索维娅22岁时，她体现出来的单纯、魅力，以及那种在无邪外表里面对性的无畏追求（不知导演怎么一眼就看得出这么复杂的东西），使她成为电影《艾曼妞》（Emmanuelle）主角的不二人选。这部电影在泰国拍摄之时，剧组对泰国警察撒谎：拍女人体，是因为我们电影讲述的是与花有关的故事。败露之后，蒙泰国国王开恩，剧组的主要人员才没有坐牢，而代之以驱逐出境。

就算是回到了"无法无天"的法国，噩运也没结束，据说由于当时法国总统蓬皮杜的夫人是位保守的女士，所以《艾曼妞》被禁映。还好，蓬皮杜很快去世了，法国人隆重送别这位总统之后，在香榭里舍大道通宵排队进入影院观看解禁的《艾曼妞》。

此后，《艾曼妞》进入七十多个国家时都成为新闻事件，因为都引发了禁与非禁的争论。索维娅·克里斯蒂旋风一般成为全球偶像，《艾曼妞》也由色情电影升格为女权电影，人的身体听从人内心对性的低语，这个主题也可以从一系列影响西方社会的自由主义大师那儿找到理论背书。《艾曼妞》于是像女性007一样，现在拍到了第七集。

一个女人的一生，应该像索维娅·克里斯蒂一样，年轻时不怕禁忌，年老时从容安静。人们总是愿意把爱情与柔弱的唯美主义联系起来，其实爱情的内核里，勇气的成分更重一些，真正的爱情，总是会触及一些禁忌。爱情不仅仅是美少女，更是美少女战士。

最后，要向那些年轻时吃过苦头，年老时依然宽容、依然信奉常识、依然对生命有新鲜冲动的人，向他们表示敬意，正是由于他们不是残忍的一群，世界才慢慢变得温暖可爱起来。

连岳

2006年9月20日

恋爱本来就该让吝啬男人玩不起

连岳:

您好!

先跟您陈述下背景。

我们认识没多久。

第一个星期,他每天都打电话发消息,然后我带他出来和朋友们玩了一次。

以后再也没见过面。

第二个周末,我想既然恋爱么总归要出来玩的。就问他意思。

他说加班。

那么第三个星期,他自动告诉我说上课。

其实第三个星期以后我们很少联系了。

我也不知道他有没有其他女孩子,也不知道他究竟在外面做什么。

然后有天晚上我发消息给他说"分手吧。"

他很着急地打了电话给我,解释了一通,说了很多很好听的话。

那么我决定再试试。

但是他还是很莫名其妙，电话有时候不接，消息有时候不回。

我第二次和他说分手，他问我："你真的决定放手？"

我说是的。

昨天，他打给我，叫我国庆出来谈谈。

我说没什么好谈的。

然后他解释几周都不见面的原因之一。

说是一个女的很喜欢他。但是他不喜欢。他怕人家做出过激行为，就一直安稳人家情绪，于是忽略了我。

我说："没必要那么热情吧，不喜欢直接拒绝不就好了。"

他说他怕那人找到他公司。号称以前有人为他自杀过……所以害怕类似事件重演。

原因之二，他说如果不和我在一起，他每个月只要用300块就够了。

谈恋爱要花钱。他说他赚的比我少。

这回，他说叫我和他一起过生日。

我说："我生日你都不记得，凭什么你想什么我就要做什么。"

我们昨天12点打到1点多，谈了很多问题。

最后他的想法就是，他觉得他看不到我和他有什么结果，但是又不想分开。只能一个月见一次，而且是他想什么时候见就什么时候见。

我和他都到了那种谁离开谁就会活不下去的程度，所以他说要顺其自然。

他真的很莫名其妙。

我只觉得他根本不够喜欢我，喜欢一个人不是这样子的。

他为了省钱就可以不见面，有好几次他说周末有事情，我都看到他周末在网上，根本没有出去，都是骗人的。

其实我又不贪慕虚荣，也不要用他钱，两个人开心就可以了呀，可是他不那么想。

他说，两个人在一起就是花钱，现在的女人很现实。他问我如果他不是在奥美我会不会喜欢他。

我说："肯定不会。"

然后他说他合同要到期了，我说工作没了可以再找。

他就断言我是个和其他女生一样喜欢钱的人。他说对我很失望。

我真的很不明白他在想什么做什么。

我也懒得去搞清楚他那些状况。他莫名其妙。

这个十月一号，他竟和一个喜欢他的女人去看F1，号称自己不喜欢她，但是又说只是很平常的心态和关系，不好意思拒绝人家。

在我面前，只有这样的选择：和他在一起，但是必须按照他的要求，每月见一次(我觉得我不能忍受)。

他给了我这样一个奇怪和变态的选择，然后问我我怎么选择。

我要去他的生日吗？他把我生日都忽略在先，我真的无语。

我要和他继续吗？

谢谢您。

爱情白痴

爱情白痴：

我们就用这种恍恍惚惚的文体来玩一次吧。

爱情固然伟大，可是男人也可以不要爱情；女人固然可爱，可是男人也可以不需要女人。可以找到替代品的。

可是男人不能没有尊严。

奇怪的是，那么多没有尊严的男人，却还可以玩劈腿，好像男人死绝了一样。

男人若有小气、孤寒、吝啬的习性与恶名，我认为，就是一个没有尊严的男人。

小气、孤寒、吝啬的男人好像越来越多，越来越有理，是时候正本清源、拨乱反正了。

让我们当一个有尊严的男人。

小气与收入高低没有必然联系，穷得开朗、自信、坦荡的男人有的是，这样的男人可爱，毕竟谁都穷过。富得吝啬、猥琐的男人也有的是，毕竟这是一个许多人刚刚暴发的时代。

男人可以暴躁、愤怒、粗线条，其中许多因素是天性，很难改。男人不可以小气，小气是某种文化、环境的产物，是后天的，可以改，不改很可耻。

恋爱要花钱，这个预算要做足。

无论女权主义者如何倡导，我坚持男权的观点，在恋爱中必须由男人花钱。

抱怨恋爱浪费钱的男人，可以买几张A片和几个充气娃娃度过余生。

恋爱能花多少钱？礼物、晚餐、旅行、花与巧克力……还有杜蕾丝。

如果这点钱都花得肉痛，那长痛不如短痛，挥刀自宫好了。

不要把女人想成廉价品，更不要把女人想成是廉价品可以收买的动物。

所以不要送廉价的随刊赠送品。

情诗可以送一次，但是不要每次都只送情诗。除非你的诗特别好。

男人应该知道钱的重要性，要有赚钱能力。钱是我们生存的基本。

男人更应该知道钱并不重要，如果它能让我们喜欢的女人开心，花掉它。

让我们喜欢的女人没有物质压力，让她们购物时随性一点，让她们的物欲尽可能释放，让她们的衣服多一点，让她们有受宠的感觉，钱还有什么更好的方法花掉吗？

不要老想着女人会占你的便宜，不要老想着恋爱中的投资是为了得到利润——也就是让她变成老婆。被占一百次便宜也不要落下小气的名声。

你越不在乎，就会有越不在乎的女人。而你这口锅越歪，锅盖就会越歪；你这头猪越黑，就越会有乌鸦站在背上。

在钱的问题上，宁愿老派而保守一点，认为在恋爱中由男人花钱天经地义，即使这样会冒犯女人，也容易被原谅。千万不要当那种太爱省钱的男人，一则阔不是省出来的；二则省钱容易激变成一生的激情，从而导致阳痿。

好像从头到尾都是在对男人说话，不过，我的态度应该鲜明了，从而间接解决了你的问题，亲爱的，你认为到底有没必要和这个每月300块男人继续呢？

连岳

2006年10月4日

史上最佳情人来信

连岳：

你好。

写这封信时，我已经做好了要被鄙视的心理准备。

我是一名参加工作刚满一年的80后。去年上班后不到两个月，我就成了总经理的地下情人。理由，我自己也说不清楚。可能是新鲜人的茫然无助吧，可能是对他表面上光辉形象的盲目崇拜，是一种初生牛犊不怕虎的冒险精神，当然，他也确实很帅，私底下很能满足我的虚荣感。总之，事情发生了。

从一开始，我就知道他家在外地，离异，有一个在上中学的女儿。但我并没有希望天长地久、追求名分的痴心妄想。我只是单纯地把这件事当成一个挑战游戏，尽我所能地扮演好情人的角色。从不纠缠，随叫随到，温柔体贴，从不干涉他的私人生活，甚至当他和其他女人若有若无地玩笑时也保持神色自若。工作时，一样认真负责，不露任何马脚，当他因为人事倾轧问题苦恼时，耐心地安慰他开导他。一个好情人该做的我都做到了。他曾坦承，原本只打算逢场作戏，但我给了他意料之外的自由和空间，他很愿意把这种关系保持下去。

当然，事态总要向前发展。时间一长，我对他有了感情。不是有某些生物学家曾经分析过么，房事后，女人会分泌出一种化学物质，这种物质会使得女人对身边男人产生一种情感的联系。我开始期待，偶尔主动短信他，问他下次见面的时间；总是猜测，他现在在干什么；当然，他和其他女人的打情骂俏，也变得十分刺耳。但我坚持隐忍，因为不愿承认自己的脆弱和玩不起。

之后，他因公被调往北京。临走前，他告诉我，我大可以找男朋友，我和他之间的关系也可以继续。他走后，短信、电话、电邮越来越少，越来越简单。我却越来越牵挂，这种见不到面、又没有沟通的煎熬，令我终于忍不住向他诉苦并请求分手，他很聪明地没有回复。

不久以后，我公差北京，见面时，他轻声问："为什么我这样一个漂泊、自私的浪子，你还对我这样好？"这一霎那，我感受到他的真诚，原谅了他。回来之后，又是一个循环。照样很少联系，有时想他想得紧，一个短信过去也泥牛入海。国庆期间，他回来联系客户，说是不方便，没有任何见面的意思……

我很清楚，自己的一片痴心交付给了一个错误的人。在他的生命中，我只是微不足道的一个小玩意。时至今日，我仍然没有嫁作他妇的念想，我甚至很清楚，哪怕是他的一个小小的生活习惯，也不会为我而改变。他能做的事情其实很多。他可以甜言蜜语，让我继续把这个美梦做下去；他也可以直接告诉我，这个游戏已经变质，已经不是他当初要的那种关系。他却轻蔑地什么都不做，或者他根本不在意，或者他吃准了我逃不出他的手掌心。

好友告诉我，当我找到男友，自然会看淡。也许吧，现在，我却挣脱不开。果然是那句话，先动情的人，注定处于下风。连岳，我知道是自己玩火烧身，请帮帮我。

anonymous

anonymous：

　　看来80后不仅仅是社会普遍误解的擅长抄袭（因为一个人的作为不能整体被扣上屎盆子），对情场与人性的熟稔更是让老人家们惭愧。我不知道这份报纸，那些中年总经理读者有多少，他们现在可能在心里窃笑，深知情人"本分"与"技巧"的一代人已经出来工作了，正在他们眼前晃来晃去，岂能不见猎心喜。而他们的妻子，可能看到这封邮件会吓得肝胆俱裂，这样的破坏者，杀伤力相当巨大。

　　因为你在邮件最后产生了爱情，终于像所有相爱的一样，有了依赖与独占的念头，为自己"挣脱不开"感到悲欣交集。所以我回这封邮件的立场设定为我是爱情的拥护者，是传统独占型婚姻的维护者，看看它们在80后带来的冲击面前，什么地方应该得到补强。婚姻与爱情受不了任何挑战，一被质疑，就兵败如山倒，一哭二闹三上吊，来回折腾110与120，那样并不能说明你更珍惜爱情，只能反证出你太脆弱。只能指望你的情人接触不到任何像样的异性才能保证自己的婚姻。

　　据说在工业产品的实验上，德国人的态度与他人的习惯想法不同，其他生产商会张贴"小心爱护"之类的警语，而德国人却会放上让人尽力、任意甚至是野蛮地使用产品的按钮，只有经受得起这样的检验的产品，才体现出了工艺之美。比如同样是车，德国人的厚重安全，而另一些华而不实的厂商出品的，可能被狗撞了都会报废。产品必须经受住最严酷的考验，这种德国工业设计哲学倒是可以平移到我们的爱情当中，如果我们爱一个人，那当然认定他是最牛的，那么，他当然会在一生中被相当多品味不低于你的人迷上，其中一些，还会像今天邮件里的80后一样情商出众——这就像产品经受"野蛮"检测——这关过了，我们才能自夸我们的爱。

这位80后地下小情人，直接标识出了我们爱情当中最缺乏的特质（也是最容易损坏的部分），她的"从不纠缠""温柔体贴"、给足"自由与空间"，以及不恃宠而骄、公私分明，这些都是婚姻中的女人们很难做到的，在日常琐事的消磨之下，双方每天的"咒怨"都及时得到消解就算是有福报了，工媚善巧去取悦对方的事情，自然是做得不多。夫人输给情人，老公输给老王，似乎是注定的事情。这不是爱情与婚姻的灰暗宿命，反而是爱情与婚姻必须修炼的命门。得时时提醒自己，无论有多少见思烦恼，眼前这个人让自己一时之间多么头痛，给他的温柔体贴及自由空间都是必须的，你不给，就会有人给。爱情某种程度来说，就是这种烈焰中的清凉菩提。

当然，一个男人足够聪明，他在找情人之前就会知道，情人一变成老婆，"从不纠缠""温柔体贴"、给足"自由与空间"这些易碎品多半会破碎，最好的解决办法就是情人永远只是情人，从这点看，当情人的人宿命更为不幸一些，只要化学物质在房事之后已然产生，只要不安分于情人身份的冲动产生，痛苦就产生了。

连岳

2006年10月11日

你可以高贵得没有上限，
也可以卑下得没有下限

连岳：

我是一个GAY，也很喜欢你的文字，但我决定从现在开始，彻底地鄙视你。

"这种令人发指的恶行应该处以阉刑"，这是你说的吧？

你可知道，这个世界没你想象的那么美好，令人发指的事多着呢！以你的年纪，以你的阅历，应该见识过不少吧？我怎么从来没见你这么恶毒地诅咒他们，而要这么诅咒被迫结婚的GAY？

在这个离婚率越来越高的社会，你还梦想着一个男人和一个女人因为爱而结合？我不得不怀疑你的真实年龄……

婚姻和恋爱不同。婚姻夹杂了太多的非爱情因素，而现在，恋爱中也夹杂了越来越多的非爱情因素，这不只是某个人的悲哀，而是整个社会的悲哀，而这种现象，自古以来就存在。或者说，这种现象普遍到不能称之为悲哀。

为什么那么多女人，想和有物质基础的男人

结婚？你觉得这种婚姻纯粹吗？她伤害了他。

为什么还有男人／女人，就算有了妻子／丈夫，还要出轨？你觉得这种婚姻纯粹吗？他／她伤害了自己的妻子／丈夫。

还有那么多男人和女人，因为没有找到自己心仪的另一半，而和一个自己不爱的男人／女人结婚，你不批判他们，只是因为他们晚上在床上做爱而已。

我还记得，前几期的栏目中，对一个有了个很优秀丈夫，各方面都很和谐却还要出轨的女人，你也只是对她说，既然这样做了，就要有承担一切后果的勇气而已。

为什么你能包容那种普通人认为很龌龊的女人，却不能包容一个出于压力而结婚的GAY呢？那些结婚的GAY，只是为了不伤害一部分人，而去伤害一个女人。你可知道，其实很多GAY和女人结婚后，除了性上不能满足对方，其实对妻子很好？因为GAY们也有负罪感，觉得对不起那个成为其妻子的女人。

婚姻，就是生活，而爱情，就是爱情。

迫于家庭压力结婚的GAY，也可以很高尚，因为GAY懂得忏悔，懂得补偿，还有同情心，只是在婚姻方面，有一点点自私罢了。而把性放在第一位的你，根本不懂，又或者，你根本不了解一个GAY家庭的生活和情感而已。

GAY无须接受你的同情，因为并不是所有的GAY都如你想象的，是弱势群体。GAY也可以很优秀，优秀到吸引一大批喜欢成熟男人，喜欢多金而又浪漫男人的女人趋之若鹜。他们可以选择，非常自由地选择，去伤害那些并不是因为爱而想和他们结婚的女人们，就当是给那些女人的惩罚吧？或者对于那些女人，这并不能算是伤害，因为在离婚后，她们可以得到补偿，还可以继续去寻找下一个男人，离异，并不会成为她们的障碍，反而让她们更如鱼得水。

给你一个数据吧，这个社会有1%～2%的GAY，而有不止1%～2%为了利益而和男人结婚的女人，就算那些GAY全部和这些女人结婚，也还没有完全匹配上她们的需求。

即使你所说的这种骗术在GAY当中普遍存在，也不会拉低自己的社会评价，因为这个社会，评价你的标准，是你优秀不优秀，而不是你有没有伤害过一个女人。哪个男人没伤害过女人？哪个女人没伤害过男人？

爱情，可以以爱一个人作为开始，以不爱这一个人作为结束，而婚姻，没必要这样，因为婚姻本身就够复杂，否则，社会上也不会有那么多离异的家庭了。

改变自己的弱势地位，除了需要更有智慧外，还需要将智慧转化为自己的资本，让自己在这个社会立足的资本，因为智慧本身太空泛，有了智慧并不代表有了一切。

上帝保佑那些自称是宽容者，却在骨子里厌恶GAY的人们！让他们不必接受阉刑！

G

G：

　　似乎应该请上海市政府授予你荣誉市民的称号。你甚至能以你的无性婚姻来惩罚一些坏女人，因为他们只看上了你这个"多金而又浪漫"的"优秀"男人的表象，当然，如果骗到一个好女人，你疲软的实质展现出来以后，可以用性并不重要来做解脱，其实对妻子"很好"，真是左右逢源，精明绝顶的"优秀"GAY啊。

　　非常感谢你从此不喜欢我——应该说，是"彻底地鄙视"我——让你喜欢，是一种耻辱。虽然你以GAY的代言人的姿态说了一大通，但我坚信你只能代表你自己，正如我无法代表异性恋者发言一样。如果GAY普遍认同你的想法，那我只能说，他们被人歧视是该得的报应。值得庆幸的是，你可能没有什么同志。

　　你不认为GAY是弱势群体，以强者的姿态出现，而且好像将自己的"智慧"成功转化成了"资本"——以强者的面目出现，拒绝同情，这是件好事，但是一个人连自己的性倾向都不敢公开承认，连退而求其次地坚持独身也做不到，只能骗一个女人跟自己结婚来逃避社会压力，你不觉得你这个强者自封得有些勉强吗？这样也可以叫强者，那么李莲英就可以当威尔刚的代言人了。

　　人与低等动物不同，低等动物的空间是扁平的，一只猪或一只蝴蝶，它们与同类比，只有质量与纹理上的差异，并无高贵与卑下的区别。而人却是站在无限性中间的高等动物，可以高贵得没有上限，也可以卑下得没有下限。只有人类，有能力把耻辱的红字变成美德的象征，把种族隔离的标识"大卫之星"变成国旗的图案。当然也只有人类，可以做到猪狗不如，因为总可以找到更坏的例子来安慰自己。我们自然希望站在高贵那边，不会用他人的卑下来开脱自己。

没有完美的人，人都会犯错。为什么我会包容你借众人之名判定的"很龌龊的女人"？那是因为她有恐惧感，她想挣脱人的软弱。为什么我会认为你是我所见过的"最龌龊的GAY"？那是因为你犯错犯得理所当然，云在青天水在瓶，捅人一刀还觉得自己分外仁慈，婚内性无能还觉得自己圣洁起来了。婚姻是爱情的完美归宿，世界上有那么多GAY在追求自己的婚姻权，你把婚姻定义为不必要有爱的庸俗组合，除了开脱你自己以外，更是污辱了那些真正的强者。

我不赞成道德法律化，我始终坚信爱应该无所禁忌，就是你，也有和其他人一样的爱的权利。如果被骗了，那只能怪自己招子不亮，如果蠢到被你骗，那这个女人当然后果自负。不过这不妨碍我祈祷你能被所谓的上帝阉掉，如果他不屑做这个外科手术，至少让你在同性面前也性无能。

祝你开心。

连岳

2006年10月18日

一切让你不爱自己的事情都不是
爱情应该有的

连岳：

你好，不好意思，差点把你写成了"连战"。

我觉得我是一个没有"热情"的人，激情就更谈不上了。

我是一个电气工程师，这份工作称得上喜欢，但远没达到热爱的地步。我是觉得工作很重要，但如果把它称为谋生的手段想来有点沉重和无奈了些。我把它当成其中一根精神支柱和爱好：人总要做点什么事情才会觉得有意思，也因此不会滋生些无聊的想法来吧。

生活上，我今年28岁了，还没有男朋友。之前的确有段日子很着急找个对象，着急得有时候每碰上个新同事就要先在心里评估：他有女朋友了没，如果没有是不是我们两个挺合适？或者在和别人接触的过程中连自己的性格都隐藏掉了。可是现在我突然觉得很累，这种苦苦寻觅和降低自己的做法我突然受够了！我想：妈的，大不了一个人过嘛。这样起码没了做贤妻良母的可能（我可能不讨厌这个词汇，只是讨厌它背后诠释的人们对这个词的传统理解），而且又自由。

所以就变成我现在这个样子了，工作上既没有想做个女强人，年薪有个二十几万的雄心壮志，生活上又没有想一定找个人过日子。顺其自然好了，我想。如果上天怜悯，会让我碰上适合我的人。

我现在唯一的一点热情就是看书吧，觉得有很多新鲜的东西和值得体味的东西。

我想将来成为一个中医师，再有就是可以到世界上其他国家走走，体味下他们的生活和思维。可是我也不是抱有非常高的热情，只是比起其他人属于"非常感兴趣"那类吧。我不想用"将来一定要"这个想法压着我。

你觉得呢？我似乎有点顺其自然过了头……

另外一个困惑就是我脾气似乎过于好了，经常我会很注意别人的感受，而且也不把别人对我的看法放在心上。可是这么时间一长别人倒是不顾忌我的心理了……

Rain

Rain:

这个专栏我想问与答的人都有共识，那就是爱情就是知识的一种，可以求取，可以学习，可以用来使我们的生活更舒服一些。而所有爱情知识都是可行的，不是用来炫技的，我只用我做得到的原则来说话。写的与读的都很热闹，一转眼就蝇营狗苟，我们不必浪费时间来制造这种悲哀的笑料吧。

爱的常识之一，爱是可以放弃的，一个人的自由与快乐高于爱情。当爱情的某种形式以为可以高于自由与快乐时，它就变成了爱的强制，爱的胁迫。比如认为爱一定要有异性婚姻的形式，这样同性恋者就会以欺骗的方式寄生在婚姻之中；比如认为爱一定要让父母长辈开心，鉴于不清楚的父母长辈们居多，这样爱的两个人就会沦为讨好老人们的性奴隶，何时行房，何时生殖，全变成公共事件。

爱情要从爱自己开始。《圣经》里最著名的教诲之一是"要像爱自己一样爱邻居"，所以请祈祷有个美女住在你隔壁，这戒律才不至于被违背，无论这则利他教条多么难以做到，至少它说明一切爱都是从自己开始的。爱自己才能爱邻居，爱自己才能爱情人，爱自己才能有爱情。一切让你不爱自己的事情都不是爱情应该有的。爱情是很空乏的两个字，这样就会被坏人钻空子，用爱情的名头来压人，逼你做一些不爱自己的事情。

　　你算是个聪明的狠角色，对了，"妈的，大不了一个人过"，这是得到爱情的认知前提，不两个人过就觉得自己是贱民，那就会被人利用。没有"大不了一个人过"的勇气，在这个人云亦云，甚至是人淫亦淫的无趣社会里，变成一个无趣下贱的人，那是合乎逻辑的结局。在中国这个传统压力大、家族压力大、思维定式压力大、虚荣压力大、个人存在价值小的"四大一小"现实中，要有点自己的爱情，不从众的勇气是第一位的。像你这样的女人多一点，爱情才会进化，我们才不会永远都在简单重复。

　　我一直相当喜欢杜尚。我要恭喜你的是，你对人生的理解和他异曲同工，全是大师级的水准。他说："我从某个时候起认识到，一个人的生活不必负担太重和做太多的事，不必要有妻子、孩子、房子、汽车；幸运的是我认识到这一点的时候相当早，这使得我得以长时间地过着单身生活。这样，我的生活比之于娶妻生子的通常人的生活轻松多了。从根本上说，这是我生活的主要原则。所以我觉得自己很幸福，我没生过什么大病，没有忧郁症，没有神经衰弱。还有，我没有感到非要做出点什么来不可的压力，绘画对于我不是要拿出产品，或要表现自己的压力。"把他的理念平移到感情中来，就是不要有非爱不可的压力，这种放松的状态才让你有王牌。

他还说："不要定型在美学的形式里，不要被定型在形式或某种色彩里……我的艺术就是活着：每一秒、每一次呼吸就是一个作品。"

同理，我们不要被爱所定型。我们最原形的爱就是活着，每一秒、每一次呼吸都别忘了爱自己。

连岳

2006年11月2日

作为荆棘丛中的百合，
也可以不必那么恐惧

连岳：

你好，我是你博客、各种专栏和书籍的忠实追随者。

恕我一开头就说这样谄媚的好话也是大实话。我有一点小小的私心，就是希望你能把我的信看完。

我想你可能并不太乐意来理会一个整天精神恍惚一会大哭一会大笑的不成熟的青少年（其实我26岁了，但心里老觉得自己还是青少年），但我今天实在忍不住想把自己的一点心理活动向你坦白，这费了我很大的勇气，我不是需要理解，我需要知道问题的根本原因，你的每一句话对我来说都非常重要。希望能得到你的片言只语！

我想说的是爱情，也可以说是人生观。

追了你一年多之后（之前追了王小波有四五年），我得出了许多积极的结论，我的生活里最重要的永远是诚实、有趣、积极。

接下来说现状，我谈了三次恋爱，当然次数不是问题。

每次都是我提出分手，不管周围的朋友怎么说，我一直坚信自己是对的。如果爱情变淡了或者我说服自己有不能忍受的隔阂，我就会分手，不需要吵架或者别的看得见摸得着的理由。在分手后，我和他们也都能成为君子之交的朋友。

我能同时爱上很多人，和他们愉快地相处，如果他们不爱我，我就没有任何多余的想法。

这样的状况维持了 6 年。我换了几个男朋友，认识了许多重要的朋友，带我听好的音乐，看好的电影和书。我经常搬家，这一点使我非常厌倦，但我的确在每一处都收获了许多快乐。我知足。

最近，可以说是今天，又搬了一次家，真正地独居了，每一次找房子、搬家、收拾房间都让我有深深地厌恶自己的感觉，这一次尤其强烈，我于是一个人在空空的房间里哭了半日。

在别人眼里，我是个能折腾的人。但我自己知道，每一次离开，都是自己心里有一个强烈的声音在说，一定要离开，你要为自己的幸福负责，不能凑合。

简单地说说，我自己从家庭原因分析自己为什么这么"能折腾"，我妈是个十分势利和愚蠢的人，她最大的幸福感可能就来自别人会羡慕她，虽然我觉得没有什么人会羡慕她。从小看父母吵吵打打长大，我一直以来最大的心愿就是希望他们离婚。可是我爸爸是个软弱的缺陷主义者，既然事事都不会完美，那么就接受上帝给你安排的缺陷。如果说人还可以拥有快乐，那么就需要忍耐。老爸一直是这样认为也是这样实践的。我不能说服他，更不能代替他来选择他的婚姻。现在我妈进了精神病医院在治疗，老爸已经苍老得让我心疼。

所以在我认清"他们是不可能离婚"的事实之后，我就毫无节制地让自己走向了老爸的另一个极端，几次出现了"突然对一个人颇有好感，恋爱之后又狠狠地否定掉"的情况。

现在真的很迷茫。不知道自己的这种坏心态根源在哪，怎么改变。

还有一个事实需要补充，我现在做了一个刚结婚一个月的男人的情人，有时候，一些观点和人生轨迹惊人地相似的时候，人们会误以为这就是传说中的缘分。我没有这样想，我觉得，能不停地交流，能有许多快乐就可以了，恋爱嘛，就是你爱我我爱你而已。我相信及时行乐。我也相信如果只有及时行乐，那永远也没有长久的幸福。

人总要有取舍。

　　我只是希望自己不停地成长，并且是往正确的方向。我时常不满意自己的作为，我有很强烈的自卑情绪。

　　我想您能告诉我，首先应该改变的地方。

　　谢谢！

Patty

Patty:

　　说句开脱自己的话，我们的爱情普遍质量低下，与我们的前辈有关系。爱情总的来说是一种文化，它是整个社会系统支持的产物，它不像性欲，你到了青春期自然而然就有了——而问题恰恰是，我们一代又一代的长辈们就把爱情与性欲的自然属性等同起来，用鲁迅先生的话来说，父亲们都是嫖父，只生不教。其实是因为自身匮乏，想教也无从教起。

　　这样的后果是我们把上一代的尴尬男女关系当成了爱情的样本，就像你描述的那样，要么虚荣得半死，要么软弱得半死，合起来就是一个全死。我们的爱情似乎一下处于两难选择，跟样学吧，心有不甘；不学样吧，现实中的人全是这么一回事，于是自己反而虚无起来。稍稍有点反省精神的人都像百合长在荆棘丛中，因为参照物丑陋生硬，百合总是要怀疑自己的柔弱与美丽不合时宜。

　　英谚说，一夜可以暴发，三代才养一个贵族。也就是说，如果我们不是贵族，那么可能是我们前两代不长进。暴发户与贵族的区别是，前者可以用一亿美元买张毕加索的作品，而后者的祖父与毕加索是好朋友。想想我们前两代人在做什么，就知道我们离贵族还差多远。你的犹豫与怀疑，痛苦与恍惚，可能在很多人身上出现过，我视之为这一代开始出现贵族气息，他们有些人在与毕加索交朋友，这种独立性当然需要勇气，而这会使以后的人路更好走一点，气质从容一点。当然，现状是任何一个面对爱情的人，想要有许多新的快乐，最后却往往陷入旧的窠臼，无趣的势力太大，个人的沉沦反而有了充足的理由，爱情的样本太烂，我们就都成为蹩脚的演员。

你父母错误的示范使你摆向另一个极端，对走向长远与稳定的情爱关系有一种天然的恐惧——因为你认定它们的内核丑陋，结局非疯即傻。如果说上一代是怯弱滑稽的角色，那么你也是，只不过体现形式不同，因为你对爱情的本质判断与他们完全相同。这很可惜，你浪费了你清醒的观察与无情的解剖，却无意中继承了他们的衣钵。我们往往会拷贝我们最厌恶的那个人，被粗暴对待的孩子成长成一个粗暴的人，被无知捆绑的人最后却厌恶知识。我们在生长过程中被一再强化这个印象：所谓爱情就是无聊的名词，现实不外乎是男女合伙过日子；所谓爱情不过是用来虚构小说的元素之一，现实是只有恨情……我们虽然觉得这样互相诅咒、互为对方狱卒的人相当可笑，可是长大后却成为和他们一样的爱情虚无主义者，在发疯的边缘游走。

样本太差，剧本太烂，我们索性把它们全扔了，以一个新人的面目出现，回归最简单的爱情，与一个自由自在的男人相爱，想结婚了就结婚，想生子了就生子，只听从自己的判断，顺其自然，看看到底会发生什么，不必那么恐惧，这就是你要的取舍。

连岳

2006年11月8日

知识就是爱情，
思想就是春药

连岳：

你好！

我是一名《上海壹周》的读者，每期必看你"我是鸡汤"的专栏，已经很久了。这个星期刊登出来28岁女电气工程师Rain的来信以及你的回答，我很喜欢，甚至有朋友来问我"是不是你化名写去的呢？"因为这个Rain除了职业、年龄、名字和我不同，来信中的其他想法和我几乎就是完全一样的。因此，我想在自己的博客上贴出这次的来信问与答。写这封信给你就是想问你索要一下电子文档，在此谢谢了！如果碍于与报社的有关协议而无法发给我电子文档的话，也没有关系，但请务必回复我让我知道一下，哪怕只是一句"我不能提供给你"也好。

祝身体健康！

Venven

连岳：

　　你好！虽然是杭州人，但是《上海壹周》的忠实读者，每周一份报纸已经成为习惯。今天看到Rain的文章，真的怀疑是不是自己写的，也有朋友打电话来问，是不是我写的，哈哈。我也叫Rain，平常也会像文章上那么解释，但这不是重点。重点是我的状况和那位Rain实在太相像，不同的是我比她小三岁。对于爱情、对于工作，情况和心态都一样。性格应该也蛮像。

　　看着和自己同龄的人都结婚生孩子，至少也有个男朋友，有时候也会觉得应该要找一个，但是始终看不到足以令自己心动的男生。慢慢地，对爱情也就失去了热情，大不了一个人过一辈子，我是觉得真的没什么。但是，家里人已经急不可耐，每天拿一些嫁不出的例子来威胁我，整天接到莫名其妙的男生的电话，说是要跟我见面。知道是老爸老妈搞出来的，也不好恶言相向，但是总是谈不到几句，就觉得对方没有文化，毫无发展下去的意思。可能是我太完美主义了，总觉得现在的男生没有内涵。但作为一个社会人，想一辈子单身，得承受多少压力。

　　今天听了你的一席话，倒是给了我不少信心，没什么不可以。至少自己开心最重要，爱自己才能有爱情，我喜欢这个理论。我今天知道，我不是个异类，还是有人可以赞同这样的想法的。谢谢你，连岳！希望能看到你哪怕是只字片语的回邮啊！

Rain

Venven & Rain:

Rain 的邮件显然不止让两位迷糊了，还有不少人被周边的人认定为 Rain，甚至自己也怀疑是否在某种幻觉中写下的邮件，当然，还有请代为转交的求爱及交友邮件。我得恭喜这位真正的 Rain，短短的邮件能触动许多人层层保护之下的触角，无疑是说出了女性在当下的诸多共性：生存的共性、矛盾的共性、自我否认的共性、委屈的共性、感觉被抛弃的共性、一处花园不受春风赏识后那种愤懑的共性……

它显然还给了不少人肯定，许多胆怯者原本以为这种情绪是应该掩盖的失败者气味，通过 Rain 的邮件才发现，人人都是如此，我们有理由大声说出自己的感受，甚至骂句粗口："妈的，大不了一个人过！"不要小看这句粗口，我挺看重它的价值，这使女性的姿态由被动变成主动，由相亲市场里那个把卖相装得可爱一点的新瓶旧酒，转变成掌握自己生存方式与情感方式的新瓶新酒。有好事的美国电话公司做过调查，发现少女们的电话词汇，仅次于"hello"的是"bitch"；"骚货"这个侮辱女性的词语变成了少女们表达亲密关系的公共昵称，这个粗口由男性变为女性，一个词语的变性手术，思维简单的人可能会感叹美国青少年女性道德品质败坏，而此事结合其他许多因素却使一些学者得出结论：女性时代来了，history 将改写成 herstory。

灵敏度更高的商人却不屑于说这些深奥的理论，他们的广告早就将诉求对象锁定为女性了，因为职业女性的消费能力早就超过了男性，在不动产购置方面，女性的态度也是最重要的决定因素。中国现在这一代女性，在职业统治力与消费力方面，可能与西方的差距相当微小了，可是她们的心理却相当脆弱，老是觉得男人不要她们了，一过 30 岁就如丧考妣，看到有男人跌倒跪在地上，就大喊"我愿意！我愿意！"所谓知识就是爱情，思想就是春药，指的就是这么回事，不学习《奴隶主理论》，鞭子递到了你手中，你还是只习惯当女奴，那真是辜负好时光哪。

这一代三十来岁，还可以一再思考爱情的准确定义，在取与舍之间摇摆，这分明是掌握了选择权的象征，这是新生活形态的开始，不要用母亲的经验来坏了这件好事。

女性在生活中将男性的权重、婚姻的权重降低，对自身的爱情是有好处的，这种开放的态度将使人摆脱单一雇主的窘境，选项多了，心态才平和，别人才猜不到你的底牌，恋爱才谈得真。而在漫长的单身日子里，多赚点钱，给自己买间漂亮的房子，保持身材与容貌，得到一些适当的性，这些都是很开心的事情，不必自寻烦恼。

连岳

2006 年 11 月 15 日

如何破解男女关系中俗气、冷酷且滑稽的模式

连岳GG:

你好，我是你的忠实读者，很关注你的答复。我快26岁了，还是单身一人。下面是我的日志，也是我的问题所在，可能有点凌乱，还是希望能得到你的回音。

秋风渐渐远去，留下萧索的冬天。收获的季节没有收获，冬天哪里有储备？

拗不过老爸老妈，第101次赴约。之前其实已经不再幻想，可是真的见到了，还是很辛苦才把失望收拾起来，换上稍嫌僵硬的笑容，对付过去。其真无好男子耶？其真不知好男子耶？千里马难得，我的他更难寻。

跟老妈报告，老妈说只要人老实就行，老爸说你也不小了。后面不用再说我也知道。其实是想拒绝的，可是想想老妈晚上睡不着在那里长吁短叹，想想她每每跑公园、赴相亲会的辛苦，压下去了。

秋天走了，可把干燥丢给我。火气大，在办

公室发火,回家对着老爸也有气。问了同事和密友,都站在老人家那一边。第二天,我的心里还在拉锯战,SENSE&SENSIBILITY,理智与情感啊,难解的不等式。聪明如简·奥斯汀尚且需要专门著书,何况我一个愚钝的小女子?理智占了上风,情感退避三舍。接电话,赴邀约。

可叹,我生在20世纪80年代,学习先进思想,竟沦落到遵从父母之命,将自己的感觉抛诸脑后,悲耶?喜耶?瑟瑟寒风中,我站在十字路口,摇摆如黄花。

迪迪的小雨

迪迪的小雨：

我视这封邮件为上周专栏《不要让母亲的经验坏了好事》[*]的继续，而那篇文章，又是由11月2日回答Rain的《一切让你不爱自己的事情都不是爱情应该有的》引发的，像多米诺骨牌一样，讨论以出乎我意料的方式延烧。

让我引用FLORA的邮件：

"看了《不要让母亲的经验坏了好事》，居然有冲动想要写这封信！

三十出头的我，过着你我定义的幸福生活——在漫长的单身日子里，多赚点钱，给自己买间漂亮的房子，保持身材与容貌，得到一些适当的性！

感谢社会和时代的变迁，给了女性更多的空间，更多的权利，更多的自我，不再有着娜拉的困扰（也许有人有，那是自找的）！

很欣赏你作为一个男性对女性的'宽容'和赞赏，只是读罢文章我真的很想请教你，现在的男人怎么了？！是女人在快速进化，还是男人在迅速退化？！是女人把自己弄得过于强势，还是男人把自己变得过于弱势？！是女人过于彪悍，还是男人过于懦弱？！"

而duoduo在我的blog写了如下留言：

___

[*]《不要让母亲的经验坏了好事》即为本书中《知识就是爱情，思想就是春药》一文。

"尽管我才 23 岁，但是，看过上星期第一个 Rain 也很有要写邮件给你的感觉，这是从前在看任何杂志报纸时都没有过的。确实让人感到震惊，我从心里底也曾冒出过这些话：妈的，大不了一个人过算了。然后，让一个男性来敲碎这层心理屏障，尽管意外，但确实仍是个极好的开始。

为自己做慎重的选择并不是挑剔抑或清高，而是一种对于自我的责任感以及不希望在一切已成定局后又想悔棋。我确实也在这两者间：挑剔与自我负责中协调、权衡。会更清楚地认识自己及身边的人。"

这几位女生分处不同的年龄层，但是触及事物的核心大致近似。若要宏大一点解决这个问题，可以回溯到 1949 年，西蒙·德·波伏娃出版了她的《第二性》，在她 1986 年去世之前，这本书仅仅在美国就卖掉了一千万本。她开创的女权主义其实道理很简单，女性终究要追求她们刚刚发现的自由与责任，而这将导致传统的婚姻形式与男女关系发生革命，女性将像男性一样选择自己的一切，从发型到命运。

最新一期《时代》杂志，封面故事是"60 年来的英雄们"，波伏娃因为她将女性从传统的服从男性、依赖男性的"次人类"地位中解救出来而成为 60 年来 18 位"反叛者与领导者"中的一员，与曼德拉、拉宾等人共享荣耀。颇有象征意义的是，她著名的哲学情人萨特在这个名单之外。

波伏娃将女性身上的奴隶味道洗掉，让爱情变成两个平等者的纯粹吸引，有更多的自由意志及心灵契合。男性失去了一位女奴，但是得到了知己和爱人，事实上也应该感谢她。男女关系中俗气、冷酷且滑稽的模式，波伏娃去掉了它的合法性。

不过成为英雄的要素之一具有冒险精神，不惧怕未知疆域的危险。英雄总是少数的，以前的波伏娃只有一个，现在敢于抗拒俗气、冷酷且滑稽的模式的人也不多，无论是"80年代"还是"90年代"，甚至再过一百年，听妈妈话去相亲，收拾起恶心，嫁个没有感觉的老实人的模式在中国仍然会有强大的生命力，甚至许多人脱离了这个模式反而不会生活了，这就是所谓的"模式恐惧"，多数人怎么做，我就得怎么做，它是幸福、快乐与爱情的最主要杀手。我们的模式很简单，以女性为例：上个好幼儿园，提前认识许多字，是为了上个好小学，牺牲童年拿许多证书，是为了上个好中学，然后读得不成人形，是为了上个好大学，这样才能找个好工作，也就能顺利地嫁个好男人，然后生个孩子开始下一个循环，任何一步稍稍不同，就像被扔出了疾驰的列车。

波伏娃及 Rain 以来的几位女性的邮件，为什么珍贵？因为她们提供了模式以外的样本，使后来者、旁观者不需要付出那么大的成本就可以得到真爱的快乐。这种心理暗示力量是战胜"模式恐惧"的唯一手段。美国的心理学家近来发布一项研究结果显示，对一群孩子说"你们可以变得更聪明"，他们就真的会变得更聪明。爱情中也是一样，如果你放弃，觉得人生不过如此，爱情是一些骗人的玩艺，那么你的人生肯定是不过如此；如果你想变得更爱情，认定爱情具有无限可能，那么你的爱情肯定是无限可能。

十多年来，我一直相当喜欢一句话："得按你想的去生活，否则，你迟早会按你生活的去想。"大多数人都在按他们生活的去想了，模式的威胁力量永远都是很大的，这点固然可以让你很恐惧，但是也可以让你觉得自己很特殊、很有力量、很有魅力，为什么要那么在乎那些模式呢？它们只不过是用来衬托我们的。

连岳

2006 年 11 月 22 日

只要我们还渴望异性，
不诋毁异性就有利于我们自己

连岳：

你好。长期蛰伏于阅读你文字的我，终于也冒出水面提问了。原因在于看到我朋友的一句话——她说她重温简·奥斯汀的《傲慢与偏见》，发现出了一层现实意义，就是小说中探讨的婚姻问题，似乎也可以应用在我们身上。

怎么说呢，我们也像伊丽莎白一样，出身清白中层，并希冀通过婚姻的途径改善生活状态——也就是最好傍上一位"达西"。但伊丽莎白遇到了，我们未必能遇到。

很多时候，谈实现愿望与否是与要求高低挂钩的。我这个友人长得漂亮坚毅，冰雪聪明，对待异性并非树立标准太多层层淘汰，可是就是没遇上心仪的。而后不仅是她，我观察了一下我周围的女孩子：刚大学毕业不久，各有禀赋，对生活有要求；对事业有追求，明确自己要什么，相貌也都端庄，但却乏人问津——或者，就是遇到一些不值得付出的"无赖男"，撞完南墙后回头抑或是在撞上之前撕下了男人伪善的面目。

都说上海的女孩子精明，门槛不一般——我觉得那要视人而定，她们都是花朵一般，具格调和品位，如何能低就？怎么就高处不胜寒了呢？

而且她们现实，希望通过婚姻成为自己建立事业的坚实后盾，找一个比自己大的，事业有成兼稳重得体善良的。建立宁静的心境和衣食无忧的生活。

我们广告系毕业后混得顺风顺水的，我看看女生比男生多得多。

周正的好男人真的没有了吗？周围而言，好男人纷纷已婚。剩余良莠不齐，又或是已有女友。我的另一位友人总结了句经典的话：大学里的帅哥都忙着恋爱，大学里的恶男都忙着游戏，所以，周末在家狂打游戏的，多半是恶男了。

于是今年光棍节，又是几位美女一同过了。心下凄凉，希望不要延续至明年情人节——唯一的优势，在于我们还年轻，大多 1983、1984 年生的，可也时不待我了。相信三年内若无结果，必然被父母逼婚，自己心态也会失衡。

我有资格相信她们（当然也包括我自己）都是值得好男人争取的伊丽莎白们，知书达礼、体面聪颖……只是能碰上达西们的，又有几位？班纳特家也照样有嫁坏掉的莉迪亚和嫁不掉的曼丽——可老天爷，她们的性子和举止可比莉迪亚、曼丽的好太多了。

上次她们中的一位在普华永道工作的又向我抱怨了，那个她看着顺眼的帅哥，原来是有女友的，而且女友胖胖的一点儿没她可爱——男人这是怎么回事呢？他们真的反感强势独立的女孩子吗？不产生保护感吗？好比到了新环境，大家看到我，理所当然认为我非单身……

美女愁嫁。

现在这个局面，是伊丽莎白太多，还是达西太少呢？盼得到连岳你以一个男性视角出发的观点回答。希望解惑后，明年情人节变成有安排了——开玩笑的。

Rochelle

Rochelle：

　　我都后悔开了个话题，树欲静而风不止，更让人沮丧的是，从我收到的邮件来看，男女双方的偏见反而加深了，谁也不愿意承认自己哪怕有一丝不对。这个世界就算曾经生活过波伏娃，现在也有不少好男女，可多数人还是不配过他们的生活，而且这多数人并不觉得有谦卑的必要，反而觉得自己占了票数上的优势，在阿Q之后，最可悲的事情是我们经常可以看到阿Q骂别人阿Q。还好爱情终究是个人的事情，正理歪理都有了，全看你的偏好了。

　　你需要一个男性的观点，不需要我说，我引一则与你对立的男性读者的邮件好了："一个女性如果能多挣一点钱，买个舒服点的房子，或是打扮得漂亮点，保持一点吸引力，这是比较理想化的。自立自强是没有错的。如果她没有什么家庭背景的话，在当今的经济环境下要达到这种景况，可能只能终日劳作，只有晚上打扮入时装模作样地呆在某会所里了。等到万事俱备的时候，已是廉颇老矣。没有时间去体味生活，认识新的男朋友。而闲情逸致才是最有可能孵化感情的。

　　"女性的自我意识，现在是越来越突出了，不过我有点怀疑'强大'是否能够给女人真的带来温暖和幸福，或是只能'外强中干'呢？'男女平等'应该是指发展机会上的平等，性别上的差异是客观存在的。女人们现在自己也糊涂了，个个累得要命地想当女强人，跟男人平起平坐，而且眼光也是越来越挑剔了，没有给别人机会，也没有给自己机会。有时候感情的发生也不是般配的结果，它只是在合适的情境下的一点化学反应。但是在钢筋水泥的环境下，这点情境就是不容易产生。"

你听了他的话会吐血，他听你说话也会吐血。而我对你们的话全不同意，当然我不会吐血，到了我这个年纪，早就知道不要因为邻居性冷淡而影响自己的快感——那些和邻居有一腿的人不在此列。

虽然现在长得有个菲佣的水平就敢在网上到处贴自己的照片以美女自居，我还是相信你们是真的美女吧，但是美女也得讲理，"好男人都已婚"就不合逻辑，好男人并不是出生时就牵着一个姑娘的手，即使真牵着一个姑娘出生，她也只是他的亲妹妹。真的要通过婚姻"找一个比自己大的，事业有成兼稳重得体善良的。建立宁静的心境和衣食无忧的生活"，那么就把《傲慢与偏见》扔掉，多读读《君主论》。美女找不到好男人，只有一种可能，可能她并不是太美。

在如今仍然以为女性的成功只能靠"晚上打扮入时装模作样地呆在某会所里了"，这种孱头是属于被女性吓破胆的人，不说也罢，圣诞节快到了，圣诞老人应该会送他一个"打扮入时装模作样"的充气娃娃。我是赞成要有点弱势关怀的。

彻底抹杀异性的价值与美感，固然可以逞口舌之快，可是却要牺牲性的快乐了。只要我们还渴望异性，不诋毁异性就有利于我们自己；事实上，只有怨夫怨妇才巴不得异性全是坏种。

连岳

2006 年 11 月 29 日

宝贝，没事的！
宝贝，慢慢来！

连岳：

您好，经常在《上海壹周》上看到您的点评，觉得您是个非常有思想深度的人。今天，真的心情很糟糕，就想发个邮件给您，希望得到一点指点。

我和我的男友恋爱已有一年，感情很稳定。他人很好，很爱我，对我非常好。我也很爱他，也在尽自己所能体贴他。我们俩都是在不错的大学里读研究生。生活似乎挺完美的。

可是，生活并不完美。我是粗线条的那种女孩，心思不是很细腻，平常想得少，只希望乐呵呵地享受生活。即便有天大的事，难受两天，我也就恢复了。而且我会努力地去找乐子去恢复好心情。而我的男友，却和我截然相反的性格。他心思特别细，想得特别多，爱操心。最重要的是他是悲观主义者。他很容易生气，生气了会发很大的火，而且很难哄好。他的父亲虽然人很好，却也是悲观主义者，而且脾气比较暴躁的那种。他常说小时候他还是很活泼的，却被他的父亲养成了现在的这种性格，他活在这世上就是一种受罪（而我却觉得世界还是有很多美好的，有很多值得追求的）。他会说这世界上没有人能够理解他的痛苦，他没有人可以诉说。向我说的话，我只会回他：宝贝，没事的！宝贝，慢慢来！宝贝，你一定行！他说我只会这么几句，他说我无法体察他的心情，他说这世界上就没有人能理解他，他说他不如死了算了（可在我看来，我们是遇到一些困难，可这些困难有那么多的人都在遭遇着，我们远不是最惨的，我们的生活充满着希望）。

今天也是，心情很好地打电话给他，他的语气不是那么好，我有些失望，但还是问他，怎么了？他说身体不太舒服，我嘱咐他好好休息，买点药，后来结束，挂电话。刚挂，他又打过来，问我为什么挂电话挂那么快，我很莫名其妙。他就开始说我不能理解他，无法觉察到他不是身体不舒服，而是有别的事（老实说，他确实是能体察到我的细微情绪变化的，可我不是他啊）。他在那边发怒，我在这边无语。心情好糟糕。后来知道他打电话是想问我挂电话快是不是生他的气了，可是我听着好像质问啊。我知道他只是脾气糟糕，性格糟糕。我知道他对我生完气后会觉得对不起我，会后悔。我知道他对我真的非常好，也真的非常地爱我。我知道他并不是想朝我发火，只是他控制不住自己的火气。可是，我还是郁闷，还是难受。而且，不能理解自己的男友，这样的恋情，是可以的吗？

您或许会说，分手吧，你们不合适。可是他不生气的时候，世界是多么的美好甜蜜啊。他是我最完美的男友，聪明，幽默，帅气，体贴又专一。我无法放下他，基于自己的感情也好，基于为他好也好（他经常会问我，你会不会抛弃我？让我觉得好笑，众人眼中的骄子，为什么这么没自信啊）。

连岳，帮我出出主意吧，有什么办法可以让我的男友摆脱他现在这种糟糕的状况？拜托您，教教我！

LB

LB:

先让你心安一下，今天回答的基调是："宝贝，没事的！宝贝，慢慢来！"

我不是一个完美主义者，所以生活中少了很多担心出错、出丑的压力，甚至在文章登出来以后、在书印出来以后，发现有些错别字是多检查一遍就可以纠正的，但是这一点都不会让我难过。因为，只要写字，就一定会写错的嘛。

生活中有很多人是完美主义者，他们如果发现自己原本可以改正一个错别字而竟然没有改正，那就会抓狂。一些人将之归结于出生时的星座属性；当然更靠谱一些的是心理学家的结论，完美主者属于轻微的强迫症，放纵它会引发心理疾病。在得知这点科学新知以后，在平时的具体操作中，我就开始放胆劝人放弃完美主义的坚持，往往能起到奇效。

想在恋爱当中实施完美主义，最后一定是以悲剧收场。我当然不是指你陷入了完美主义的误区，只是说你可以用这条规律来重新衡量你男友。他的优点相当惊人："聪明，幽默，帅气，体贴又专一"，这样的男人在什么时候都是稀有品种，而且还有一点悲观主义的调调——就是忧郁美呐——坏处是脾气暴躁，从你的邮件看，他没有躁到失控的地步，也不会对你施加暴力，只是发火而已。更重要的是，他自己意识得到暴躁的不当，"会后悔"，他在学习控制怒气，只不过这个过程可能相当漫长，脾气这种东西跟俄狄浦斯的命运一样，几乎无法逃离，可能到了八十岁，他还是个易怒的老头，在怒与悔当中不停挣扎——他是相当痛苦的。

在我告诉你破解法之前，先告诉你怒气送给你的两个礼物，一是怒气能激发性欲，很多情人在吵架之后的性爱分外甜美，原来说夫妻床头吵架床尾和好，那是因为这一头一尾中间，美好的一战已经打过；二是暴躁的男人不太可能成为花花公子，他在女人知道他"聪明，幽默，帅气，体贴又专一"的优点之前就把她们吓走了。

你说你性格乐观，天大的事过两天也就没了，其实你是有足够的本钱应对他暴躁的性格缺陷的，你只是还没找到方法，茫然失措，有点吓慌了而已。暴躁是激情的一种，它发作之时就像是火山爆发，这时候摆事实讲道理，甚至是安慰体贴的作用就相当于往火山口泼凉水；而且往往在这时，你若冷静就显得他滑稽，他觉得丢面子；你若生气就愈加刺激他的火气。闪人是上上之选，激情过后懊悔就会汹涌而来，根本不需要两天，也许两个小时后，他就又聪明幽默了。脾气是他的命运，是他的无助，是人类不可能完美的例证，林则徐都在书房高悬"制怒"条幅，所以把怒气当成他的自然属性接受吧。

其实一个男人具有"聪明，幽默，帅气，体贴又专一"的优点，其他东西基本上可以忽略了，就算与这样的坏男人相爱，也胜过与一位"死蠢、无趣、丑陋"的好男人呆在一起。

祝开心，问你的宝贝好。

连岳

2006年12月6日

婚姻宝典 15 条

连岳:

您好！首先要感谢您费时费力看我的这封邮件。

现在，准备写出自己的疑惑的时候，却不确定自己能不能将这封邮件发出去，更不确定是否值得您解答。

其实是一个老套的关于婚外情的故事。他是我的同事，各自有自己的家庭、孩子。我们走到一起，纯属机缘巧合。就在不久前，因为工作性质不同，我们彼此还完全陌生。有一次参加所在部门组织的活动，才算认识。只觉得这个人整日笑眯眯，蛮幽默的。此后也只是见面打招呼，互相调侃两句。直到几个月前，极其偶然的情况下，我们有了交谈的机会。这才发现，我们的经历类似：辗转在这个陌生的城市里打拼，而各自的家庭也有着各自的不如意……这样的交谈持续的结果，竟然就是两个人事先均未料到的，落入了婚外情的窠臼。

　　无须您说，我也知道，这是一个绝对的错误。我们都很挣扎，总是想结束，又总是如同鸦片一样上瘾。自己的心态，时刻是矛盾的。面对孩子，心怀愧疚，所以总是想加倍补偿。而面对丈夫，居然无动于衷。这听上去有点可怕，也是自己未曾料到的。事实上，我和丈夫之间，已经是长达多年的无性婚姻。而且，几年前，丈夫也有过一段几乎导致婚姻破裂的外遇。而他，巧的是，婚姻也是处于无性状态，更因诸多家庭琐事和事业上的不如意而经常被老婆抱怨。想来正是因为婚姻中诸多问题，所以明知是错误，还如此铤而走险。然而我们都不想对自己的家庭有任何影响，都很克制。每周最多只见一次，平时也很少联系。自始至终伴随着的不安，几乎已经让我无法辨认他究竟是哪一点吸引我。于是每一次都想退缩，又每一次都莫名地不舍。

　　很好笑是吗？两个成年人，却被如此有着明确答案的问题纠缠得昏了头。婚姻是什么？这一纸契约究竟有多大力量？我们处心积虑维护它，似乎这就能证明什么，也似乎从中就能获得某种心灵上的安宁和行为上的后盾。然而这纸契约之下，又有多少看不见的暗流和漩涡？是否可能存在这样一种状态：用婚外的补偿，消解婚内的不满，然后继续维护婚姻的牢固？

这更好笑了。简直就是逻辑不通，成年人的童话，并且有违基本的道德底线。但我有时就是用这个理由来为自己作辩解。与其总是对现状不满，还不如这样相安无事。

可是，这就是饮鸩止渴吧？

也许这种挣扎不会持续多久。在种种客观条件消失后，我们也许自然就会疏远。昨晚上做梦了，梦到了类似的分手的场景，剩下自己一个人游荡，然后大哭，哭到醒来，那种感觉，竟是发自内心的悲哀。

其实自己是知道答案的，至少按照正常的判断标准。所以，这封邮件，也许不是询问，只是为自己的情绪找一个宣泄的口子。但其实也很想听听您的见解——这又很矛盾了。对不起，我总是这样。

再一次地感谢！

Mumu

Mumu：

婚姻到底出了什么问题？婚姻又是什么？婚姻为什么这么
痛苦？婚姻为什么毁灭人的精神活力与肉体激情？……这些几
乎是情感专栏永恒的追问了。我唯一知道的是，婚姻的苦难之
果，原因在于婚姻之前准备工作没有做足。一些婚前该问的问
题没有追问清楚，除了问清楚是男是女，有没有钱，还有其他
重要的疑问需要解决。

刚好，今天在《纽约时报》看到美国的婚姻专家开列出的
婚前必问的 15 个问题，我觉得相当好，技术性地排除了百分
之九十以上的婚姻痛苦，我就偷个懒，把它给译出来，它适合
父母、情人及一切成年人阅读。

1.我们要不要孩子？如果要，主要由谁负责？

2.我们的赚钱能力及目标是什么？消费观及储蓄观会不会
发生冲突？

3.我们的家庭如何维持？由谁来掌握可能出现的风险？

4.我们有没有详尽地交换过双方的疾病史？包括精神
上的。

5.我们父母的态度有没有达到我们的预期？会不会给足够
的祝福？

6.我们有没有自然、坦诚地说出自己的性需求、性的偏好
及恐惧？

7.卧室能放电视机吗?

8.我们真的能倾听对方诉说,并公平对待对方的想法和抱怨吗?

9．我们清晰地了解对方的精神需求及信仰吗？我们讨论过孩子将来的信仰问题吗？

10.我们喜欢并尊重对方的朋友吗?

11.我们能不能看重并尊敬对方的父母？我们有没考虑到父母可能会干涉我们的关系？

12.我的家族最让你心烦的事情是什么?

13.我们永远不会因为婚姻放弃的东西是什么?

14.如果我们中的一人需要离开其家族所在地陪同另一人到外地工作,做得到吗?

15.我们是不是充满信心面对任何挑战使婚姻一直往前走?

我们在婚前问过其中的哪一个问题呢？我想，这其中的大多数都是适合中国国情的，婚姻是件需要仔细追问的事情，它可以好得让我们觉得一辈子像一天那么短，也可以坏得让我们觉得一天像一辈子那么长，碰运气摊上好婚姻的事情，还是不要指望的好。

当然了，中国式的蒙昧反问就会出现了，"问这么多问题？那还结什么婚呀！"许多人在结婚之前不是问清楚15个问题，而是会放15个烟雾弹，把自己的真实想法与情况完全伪装起来，等结完婚再慢慢（或突然）暴露，给对方一个震撼——这说明我们真是一个喜欢开玩笑的民族。

如果把婚姻的形式看得高于一切，不结就会死，那么糊涂结婚，清晰受罪就是难逃的命运之诅咒。如果把婚姻当成是得到快乐与消除孤独感的手段，那么就会跳脱中国式婚姻里那种男女送做堆即可的小农思维，会把它当成科学，双方尽量问清楚，把婚后的幸福保障最大化，到我们习惯这种方式后，不快乐的婚姻才会少一些吧？

祝快乐。

连岳

2006 年 12 月 27 日

死别的日子就在前头

连岳：

再次地震了。平日里碌碌的人们，也许突然因为一点点类似劫后余生的感觉，而突然醒悟究竟要的是什么，继而将这种自省延续上一阵子。那一年的 9 月 21 日，我还在故乡，有挺强的震感，但无死伤，毕竟是隔了一个海峡。然而那阵仗，对于当时十五六岁的我来说，足够令我兴奋和后怕。房屋轰隆隆作响中，明明线路不通的电话忽然响起。正冷战的我和她，大难临头时，破涕而笑。那是好多年前的事了。我怎么还记得那么清楚呢。我不完全相信记忆这回事，隐约觉得它在不知不觉中一定被我们一厢情愿地篡改着。

中间是是非非，后来我一意孤行离开故里，连分手都没有说。来到异地，决心跟过去完全断开。交男朋友，不去想她。也不知什么原因，我的其他方面，为人处世也完全不同了，并非有意。我刻意改变的只是和男人交往而非女人。浑浑噩噩过了这几年，越来越不认得自己。心里却越来越

清晰地塑造了一个她，用回忆加上想象。渐渐地
也不排斥和现实中的她联系，只是发发消息，不
敢见面，也言辞间拉拉扯扯过几番。

持续恶梦和不断的自杀念头，这些都阶段性
地出现。在严重的时刻，我考虑过去找心理医生，
不过都还暂时挨过去了。她说当年我什么也不说
就消失以后，她给我写信打电话我都没有回音，
她走投无路去找过心理医生的。治疗时医生发现
她无法被催眠，只好开药。但是她没有吃，挺过
来了。所以后来我再联系她时，她始终有些畏惧，
是呵，一朝被蛇咬。我自己的手腕上，也有痕迹。
或者可以说，这种感情，从一开始，就带给我们
绝望。那时，不是指望别人理解，是连自己都
不能认同。我们也都以为，就这么远远望着，在心
里的一角幻想着明知不可能的我们在一起的日子，
就够了。不过我和她不同。比较早的时候，我确
定我是双性恋。她始终不认为自己和同性恋双性
恋有何关联。只是，无论和男人还是女人在一起，
我都会想她。但我也只能无奈地想，过去的，在
心里就好。

然而前几天我的一个梦，吓醒我了。梦中和
我缠绵的女人，没有脑袋。我猛然觉得，这么多
年分开，我一直想的爱的那个人，只怕已经不是
她了，是我在脑子里生生造出来的一个形象了。

所以梦里，"她"砍了用来装饰的头颅，我的潜意识在嘲笑我。意识到自己爱的是一个虚无的人是一件令人难以忍受的事。忽然之间我找不到原先赖以活下去的理由：看着爱的人在远处生活，两处沉吟。如果我爱的人，是已经不存在的，是和现实个体分离了的，那这个理由，如何成立。

我愚钝，不能了生死之意义，走这世上一遭，若不是为了所爱的人，若是为了社会游戏中的名利骰子，我恐怕无法接受这样的理由。需要问一个意义，才能活下去，我算是一个虚弱的人哪。

祝

一切好！

沉默是美德

沉默是美德:

　　我很少在专栏中说自己的事情，一则是因为害羞；再则我认为我只是一个观点提供者，自己个人的资讯出现在文章当中，相当不专业。今天，在经历了新年前后从地狱到天堂的心境旅程后，请允许我破个例，说一件我自己的故事。

　　你说到的那次地震发生之时，我和我老婆正在一购物中心吃饭，第一次震感我感觉到了，她没有感觉，我没说出来；第二次餐厅的吊灯开始摇晃，所有人都感觉到了，邻桌的两位姑娘有这样一段对话："可能地震了！""不要太害怕，说不定只是因为有人乱跺脚，楼才动的！"我们照例悄悄窃笑了一通。可是我的心情相当灰暗。

　　她由于持续低烧住院，各项检测的结果逐渐出来，都不太乐观。而医生最终的"恶性肿瘤"（也就是癌症）的诊断，她比我更早知道。我到医院，刚进她的病房时，还见她神情自若地在病床上开着笔记本改文件。一看到我，瞬间就情绪崩溃，哭到不行，一边含糊不清地说："你以后一个人怎么办？"

　　在联系了异地最好的医院和专家之后，在出发之前，她想回我们鼓浪屿上面的家里住一晚。经过菜市场时，她问我："家里的煤气还有吗？"我说："有，我昨天还用过。"于是买了一些菜。她像往常一样将菜洗净切段，打火后，煤气只烧了一两分钟就没了，而时间又过了晚上七点，岛上不再送煤气罐了。

只好用微波炉蒸了饭，从冰箱里搜刮一些干菜将就着。我们觉得白饭也挺美的，一边吃一边聊天，她先吃完后起身去收拾出行的衣物，她刚走了几步，我坐着体验到了所谓的悲伤。这个我从15岁就开始爱的女人，宽容我的鲁莽与冲动，接受我的一切缺陷，支持我两次三番赌博式的决定，她离开我，可能痛苦不仅仅等同于抽离一根肋骨，它是一种被抛弃的感觉，完全没了依托。而我们吃的可能是最后一顿饭，却没有煤气……

于是莫名其妙就迸出了眼泪，喉咙里发出了一些奇怪的声音——这岛屿在晚上过分安静了，而我始终认为自己是一辈子也不会掉一滴眼泪的坚硬之人。

我现在在病房里继续写这个专栏，说明情况已经好转了，只是需要精心治疗的病，原是一次可怕的误诊。我原来产生的厌恶态度已经消失了——既然自己的所有能量，都不能给爱人多一分钟，那么世界变得如何，爱情会如何演变，又有什么意义呢？

但愿说自己的事情不会让你烦，我已尽量克制。我想表达的意思是，就算和一个人相爱了二十多年，这也不会让人觉得足够，与相爱一个小时的长度相若——当然这只有在你觉得要真正离开的时候才感觉得到。也许活到一百岁，真正要离开时，还是会像这样觉得孤单。我现在很庆幸在二十来年当中，我强横、霸道地不理会别人的看法，只过着我们想过的生活，爱一个人就是为她而活，背叛世界也无所谓的，因为到了今天，我才知道，就算这样也会觉得时间不够，死别的日子就在前头。

祝开心。

连岳

2007年月1月10日

父母宝典十条及特洛伊虚荣

连岳：

你好，不知道你会看这封信吗？

在这里不是背叛和诱惑的故事，不是欲望和爱情的故事——只是纯粹的生活——属于上海新移民的故事。

像千万的外地大学毕业生一样，我和我男友都是边远地区的佼佼者，来到上海已经7年多了，上海的魅力和压力，让我们喜欢又厌恶地生活在这里。

我是25岁的未婚女性，外形、性格、工作都是理想的结婚对象（依据是已经有三位多金高素质男士提出请我一起看房子）。

我的男友26岁，性格、能力佳（依据：目前读研期间已经开办一小公司，完全白手起家积蓄10万余），智慧、幽默都在85分位以上，唯一的遗憾是家庭条件一般，无法供给上海的高价房。

你看，还是老问题，还是新移民的老问题——房子啊房子——我有时候真是想对抗政府了（呵呵，若公开发表，请删除——因为我还是位4年党龄的年轻老党员——否则有背叛组织的嫌疑）。对了，还有一个主人公，是我家的老爷子——我的父亲——我深爱而无可奈何的父亲。

故事最好从大学毕业开始讲，那时我男友是我的房东，经过……我们住在一起后，对生活有了新的认识，从那时，他开始兼职，慢慢起步创业（PS：这也是我的鼓励，因为我的收入较高而且稳定，我想最坏的情况，我们也能温饱无忧）。男友的起步，和我工作的顺利，让我们都对未来充满无比的信心，并为着一起的婚姻和家庭而构想和努力。

然而，王子和公主之间总要出现一个巫婆（呵呵，换我父亲的话，恐怕还是要称为巫公）。

巫公最近刚来上海，对女儿的近况表示不够满意——工作应该更好些、住所应该更好些、男友应该更好些——解决问题的关键是什么呢？——答对了——换个多金、本地上海男，有根有金有房子……

对于女儿坚定、满足的爱情，巫公表示不屑——反复不屑——而且运用各种哲学原理，强调人应该生活在更高的层次，要有上流意识，不做草根……于是，撼动了我的信念，对未来的信念，加上有房有车的多金男，我开始怀疑爱情，怀疑

我和坚韧草根男友如此辛苦执着的意义——开始想，我是不是把自己卖得太便宜了？（婚姻是交易，不得不承认——人生也是交易）

面对多金男，我觉得不稀罕——因为我想我和他们一个年纪的时候应该比他们更多金，呵呵。

面对草根男，我很珍惜，至少关爱和照顾是实实在在——可是，你知道买期货总是有风险的——而且巫公不相信爱情。

现在的情况是男友打算租办公室（为自己的公司），我建议还是买房子，男友便可商住两用（对了，我现在和巫公住）——首付10万是不够，家里借——巫公会发飙或发心脏病，男友家挤挤凑合四五万还行。对了，我是全额还贷人。

意外就在这时出现了：男友不愿买房了，而且坚持要求领证，不领证就分手——因为巫公不满意我们的"爱情"——让男友不愿意投资买房，而且对我们的未来也产生怀疑，生怕投资无果（对了，上次您说的那婚姻宝典十五条，除了父母支持外，我们基本达成默契）。

这样的时候，在这样房价有小幅下降的时候，我应该相信什么样的人生意义呢？

小狗小猫

小狗小猫：

中国一代又一代人都普遍"无聊、无趣、无力"，这种气质也深深影响了我们的爱情，这种"三无"现象，很大程度得归功于父母一代对子女的控制过多。这次不能指望从《纽约时报》现成找到另外15条宝典了。那么，就由我来写吧。

1. 没有中国的父母相信爱情，即使他们是由于爱情而结合，他们一定是用势利眼来观察，用功利心来判断。

2. 如果孩子是有爱情的，他们必然与父母发生冲突。

3. 如果没有与父母发生过冲突，那么，可能也没有什么资格来谈恋爱，先断奶去吧。

4. 父母的干涉程度与他们的智商、情商成反比。

5. 子女依赖父母的程度与他们的智商、情商成反比。

6. 越蠢的父母越爱以"爱"的名义要挟孩子。

7. 越蠢的父母越会固执地以牺牲孩子的爱情来满足自己的虚荣心。

8. 父母的虚荣心与父母的愚蠢程度成正比。

9. 多数父母是将孩子当成零存零取的投资方式，而与孩子恋爱的另一人，他们一般也视为利润，利润率不高，投资人就不高兴。

10. 多数父母不知妥协、折衷为何物，他们控制了第一步，就会控制每一步。

自己决定自己的爱情，不敢说结局一定快乐，但是至少做了决定，有一点胆量与责任感；让父母决定与自己同床的人，不敢说结局一定不快乐，瞎猫也能碰上死老鼠，可是你连爱什么人都做不了主，那么道理说得太多不都是纸上谈兵吗？

一定会有人比你的男朋友更有钱，就算他是梁朝伟，不还有郭台铭吗？当初吸引你的，一定不是他的"相对贫穷"，这是你和父母不同的出发点。

你男朋友最终会原谅父母嫌他穷，而他很难原谅你持同样的看法，何况他与同龄人相比，一点都不穷。

当然，由于中国的父母亲们在孩子的爱情当中插手过多，他们往往也不得不为那些狡猾的孩子们背黑锅，比如你，明显是自己在算计，觉得卖得便宜了，就把责任都推给父亲：是他要让我找多金男，是他要让我混上流社会——这点下流心思，谁看不出来呢？

木马计会成功，是因为算准了特洛伊人必将被他们的虚荣心烧昏头脑，要将大过城门的战利品搬进城里炫耀。"巫公"父亲让你芳心大乱，当然知女莫若父，深知你的城墙拆起来很快。有哪位中国的父亲不曾对自己的女儿说过这么一通？正常的女性还是不见减少嘛。

还有，我觉得做人要公平，你都精算那么久了，你男友对自己的财产稍稍有些警惕,你马上就发了"人生意义何在?"的感慨,未免抒情得过了头。说实话,当我看到你说出这句话时,也不由得感叹一声:你那苦命的男朋友,他的人生意义何在?

祝开心。

连岳

2007年1月31日

没有十二生肖，
其实我们年年都是猪年

连岳：

不知你注意到了没，你的专栏中大多都是已婚女士写的信，零星的有几位男士。现在又多了我一位。由此我在想男士们，尤其是30-45岁之间的男士，他们当中有多少人真正地想过婚姻这回事，想想其中的问题。可能见见朋友，喝喝小酒，积极点的做个工作狂，他们就忘了。男士们擅长用家庭以外的事、人来摆脱家庭生活中的苦恼。如果他们当中真的有人好好想过这些事，那就不会有这么多"怨妇"了。一个原本快乐的女孩在结婚后有了那么多的痛苦，我想这个男人应该是有错的。想想她也曾通情达理、温柔可爱，可为什么和你这个男人生活之后，她的优点就都没了呢？她的变化和你没有关系吗？

至少目前看来，结婚对于男人来讲是继续有了生活照顾。他的生活由老妈打理变成了老婆打理。对于女人就是多了生活的照顾负担，接过婆婆手中照顾儿子生活的接力棒，然后照顾由这个

男人带来的他家人和孩子。结婚头几年或许还不
明显，年头长了，如果经济基础又是一般水平的话，
这个照顾负担会逐渐凸现出来的。婚后，男人除
了改掉一些不良生活习惯之外（如麻将游戏），似
乎就没有什么改变了。家和爱人对他来讲只是心
头上的那么一小点牵挂。之所以说小，是因为只
有当工作和由工作带来的娱乐应酬都结束的时候，
当同事朋友众人都散去的时候，当红酒暧昧都退
去的时候，他才会想到家和爱人。也就是在没有
出什么天灾人祸的大事的情况下，男人只有在他
累和受伤的时候才会想到家和爱人。当他风光的
时候，他只会用眼角偶尔向家里扫扫，用他不超
过百分之五的精力和心思想到家里，因此什么也
看不到，自然眼中无活。当然很多人会说啦，男
人要养家啊，要争取社会地位啦。可实际上，真
正有几个男人是在正儿八经地做大事业啊？大多
数男人还不是和女人一样，有个一官半职的工作，
甚至还是无职的工作。妇女解放运动最大的成果
之一就是，女人分担了男人养家的责任。可男人
还拿着"养家"作幌子，他把所有的娱乐应酬都
与自己的工作和将来的奋斗创业挂上了边。男人
们主要想挣钱一个问题就可以了，而女人要想工
作，老公孩子的吃喝拉撒，孩子的教育和其他家
庭成员的家庭外交事务，照顾老人，当然还要让

自己保养得当，打扮得体，培养气质，免得因为素质没有提高，被其他人钻了男人空虚感情的空子。男人从婚姻中得到了最切实的生活照顾和关心，当然还有"爸爸"的名誉（只需五分钟，他们就可以向世人证明他们的能力，得到名誉。自己的生命得以延续，但还不需承担大多数的养育和培养责任，真是开心啊）。而女人从婚姻中得到的是比单身时更多的操心和牵挂，孕、生育时的心理上的考验、身体上的痛苦，养育孩子时的劳累，经济条件差点的还附带了更多琐碎的家务。对于女人所做的这些事情，有多少老公会想到主动帮她来分担下？多数还不是用句"不就是干了点活嘛"来埋怨他的老婆没有在他回家时表现出兴高采烈的样子。他不知道她累了。仍然像个没有生活自理能力的大爷和顽童一样。当然也会有关心，只是凤毛麟角罢了。

Mz

Mz:

　　既然是新年的第一篇专栏，既然它的读者也大多数是女性（没有经过精确的市场调查，但这种估计应该是不会错的），那么，就用这样一封对男性充满谴责的男性读者邮件来作为开始吧——从行文来看，非常像是女性读者假托男性之名的"伪书"。我想多数女性读者看了会开心的，虽然它全是老生常谈。

　　为什么要那么偏心地讨好女性读者？原因之一就是女性对爱情的追问多过男性，每天我在查看这些女性邮件时都在想，如果男性也像女性一样，对爱情多一些敏感，多一些疑问，可能我们的生活不至于如此无聊。原因之二是我就是一个偏心的人。这个世界上坏女人的数量可能不少于坏男人，可我是一个男人，面对一个坏女人与一个坏男人，我当然毫不犹豫地觉得前者可爱、可以原谅，甚至可以一起去坏；而且坏女人达到目的，一般也是通过她的媚功，属于比较有美学价值的阴谋。

　　这次春节，知道一个长辈的故事，她活到了七十来岁，内心的小宇宙金刚不坏，比如她身体不好，常年吃药，可是又生性节俭，遵医嘱是"每日三次，每次四粒"，到了她实行起来就是"每日一次，每次一粒"，从科学的角度来看，这样当然是白忙一场，可是她认为没有死，说明这样就是有效的。这个故事告诉我的道理就是，一个人，没有科学与知识，也是可以活一辈子，长命百岁的。头脑简单的人就会得出结论：科学与知识并不重要。我们并不是头脑简单的人（这句话对一些读者来说，当然可以视之为恭维），无论世界上有多少人依靠偏见生存，我们都知道科学与知识能尽可能多地保证我们的幸福。

多数男人是靠偏见维持他们与女人的关系，这不奇怪，奇怪的是，多数女人也能被这样的偏见说服，更不可思议的是，这样的偏见还偏偏经不起第二句追问，换言之，完全在科学与知识的范畴之外。比如"还不是为了家人好！"这个借口就是不着家的男人们最常用的，一说出来，女人就只好羞愧地低下了头。一个男人让自己的女人今天都活不好，可能没有什么信用与资格保证她明天会更好——信他还不如信罗大佑的同名歌曲。这种借口说多了，也变成了小宇宙，就算是搂着小姐，他也觉得是为了家人好而跳火坑、牺牲色相呢。

男人们的玩法那么单一又那么入迷，借口那么简陋又那么能唬住女人，想到这些，我就会认定，没有十二生肖，其实我们年年都是猪年。

我们蠢，可是我们开心呀。

连岳

2007年2月28日

我要有女人味

连岳：

你好，常看你的专栏，很好看，希望你读我的信。其实我想问的问题看起来还蛮蠢的，你觉得什么是"有女人味"啊？

在这个时代，可能越来越说不清楚什么样的是真正的男人，什么样的是真正的女人（不用嗲到像林志玲），我当然知道每个人都是独一无二的，人生不可能按照别人规定好的模式，自己的生活就是自己的，可是大多数的人还是普普通通的人，需要得到普普通通的人们的认同。

我22岁了，从小就是倔脾气，不求饶，也不会撒娇，特别是对爸爸。记得小时候特讨厌那种特女孩子气的女孩子，而她们总是可以轻易地用嗲声嗲气通过体育考试，因为体育老师大多都是男的，当时心里特别不服气。可是就算是现在和男朋友在一起都嗲不起来，知道的以为我们是情侣，不知道的以为是姐弟（我们是大学同学，他还比我大几个月哪）。

　　有时候，看到别的女孩子能发自天性地向男朋友撒娇，真的好羡慕，也曾经很开诚布公地问他觉不觉得我们的关系只是比朋友多一点的那种，离真正的男女之间的爱情还有距离，可是似乎没有什么结果，他觉得就是爱情，他觉得自己挺男人的，也欢迎我去撒娇，所以我也会觉得是不是我多余的想法呢，或者问题根本就在于我。他是我第一个男朋友，在刚开始的热恋阶段，我们每天在一起，每天见面，接吻，十指相扣走在街上，可是时间久了，我们的接吻和拥抱就像例行公事这么乏味（我们从未过夜），特别是我，相当地不投入，难道我不是真的爱我男朋友？我也不知道，可能我觉得我真的还不会谈恋爱。

　　常常觉得妈妈在遗传给我的基因里就少了那种"有女人味"的东西，可是你知道和妈妈讨论这样的问题是要被当作我在动什么坏脑筋进行教育的。每次电视里演到床戏的时候，爸妈都要坐起来倒杯水或者上厕所缓解气氛，当然那还是小的时候啦，后来就不太在一起看电视。男女相处的学问，学校是不会教你的，老师也是不会教你的，让你爸你妈来教你吧，除非老到嫁不出去，他们不得不教的时候，又或者让韩剧来教，都不太现实吧。

　　从来都没有像现在这样觉得无措，大学的所

见所闻改变了我的很多观念，我也相信女孩子的轻颦浅笑和妩媚动人是那么有魅力的东西，甚至我都要俯首称臣的了，男孩子们又怎能不心动？在一段关系里，怎样增加感情和化解矛盾，我始终都不得其法，因为不会动用女孩子的武器，我该从哪里开始学起？

　　真的很希望你在成千上万的邮件里翻到我的信，呵呵。

MM

MM：

什么是女人味？什么又是男人味？可能不仅你搞不清楚，连整个群体都陷入困惑迷茫当中了，所以在女性选秀活动中，我们就选个男性化的女性偶像，在男性选秀活动当中，我们就选个女性化的男性偶像。很多物种都备有雌雄两套生殖系统，见机行事，人类不知何时才能演化到那个程度。

现在我们只有一套生殖系统，所以女人味，男人味，还是得分清楚。什么是女人味，这总的来说，是一种文化现象，就像吻一样；情侣之间天生并不会亲吻（人类学家在非洲原始部落的观察结果证实了这点），我们不必跑到非洲去探头探脑打扰别人的生活，你在路边站一会，就会发现一些散步的老头老太，走路连手都不牵，还一前一后隔着好几米，老头觉得有什么开心的话要说，就立定了等老太太靠近，说完了又拉开距离……按现在男女情人一起走必然要挂在一起的标准姿势来看，他们爱情的味道肯定是不对的，但是他们中的有些人可能爱得比哪个年青人都真切——我的意思是说，没什么标准答案。当然了，在一些相对变态的情境之下（姑且称之为"变态文化"吧），人的行为会养成得很古怪，以正常的眼光（或者称之为"正常文化"吧）来看，他们就显得有些畸形了，比如原来有段时间，姑娘在穿着上要让别人看不出她有胸——就算她是G杯——也就是说，没有女人味才算是合格的女人。

谢天谢地，这种日子过去了，确切地说，那是一段男人的悲惨时光，毕竟女人穿得再中性，她都是知道自己有胸的。走过极端的男女平权和矫枉过正的极端女权主义之后，像你这样一个自觉没有"女人味"的女人体现出来一些担心，正是对女人本身的尊重，同时也是对男人的尊重。正像男人要有担当、有勇气、有赚钱能力、有见识，这种男人味同时也是对女性的尊重。

女人味虽然没有固定的标准，也被历来的思潮搞得相当混乱，以我当下的眼光来看，最根本的就是女性特征得明显，这体现在消费构成上，无论你是在婚前、婚后、产后直至你的老年时光，在容貌、形体、服饰上都得固定花掉你不小的一笔钱（这是女性经济必须独立的重要原因）。

比你周围的女人穿得好一点，合适一点，不行的话，比她们笑得多一点；比她们少埋怨一点老公呀、工作呀，比她们少夸一点自己的孩子（妈妈的喜悦与自得往往是听众的灾难，记得这点，就算你现在还没有和男友过夜）；比她们少一点贪欲，漂亮与气质是女人首要保住的资本，一贪脸上的肌肉就硬了，什么东西到了扔出来大家抢的地步，其实都不值几个钱，真正的好东西，靠表情扭曲地抢也抢不来；比她们更坚信漂亮可以维持一辈子；少一些嫉妒，多观察那些让你惊艳的女人，跟她们偷偷师，千万别看见漂亮女人就跟她拼才华，看见伶俐女人就跟她比身材，不幸遇见才貌双全的，就耍无赖……

女人味可以慢慢增加，它也是学习的过程，不会笑就强行规定自己微笑的次数；不会撒娇就开始将语调放慢放柔软；那些你也喜欢的女孩，全是你的老师。

祝开心。

连岳

2007年3月7日

付出了代价，
就可以爱任何一种爱

连岳：

看着以往一篇篇条理清楚的诉说，我突然间明白也许这背后有着无数次撕心裂肺的痛。真正痛苦的境界是已经没什么力气思前想后地组织文字了。请原谅在这春暖花开的日子里看见我这篇难过的文字，我想你是值得信赖的，或许你可以用清醒的头脑说些什么。

我和他认识数年，他已婚，还有个孩子。在前两年里大家各司其职，相安无事。因为他是工作狂，我们虽然在同一间办公室，但话都很少。他是个勤奋工作的男人，我是安静的女人。后来我先跳槽，大家没了联系。

半年后的一个清晨，我突然想起他，觉得就这样断了联系好像有些可惜，就发了一个询问的短信，他回了。我们再见面时，我有种被电击中的悸动感，真切地让我自己都害怕。阳光下他的那件条纹衬衣，我至今难忘。龙应台以前说过：记忆中的某些人和事，你以为你已经忘记，但他们会像盒子里面的珍珠，在你不小心碰到时骨碌碌全部跳出来，提醒你他们的存在。是的，他现在出现在我面前，我彻底地陷进去了，尽管我已经有了准备结婚的男友。

最初我们都很坦然地通信，像最要好的朋友，彼此关心着，各自说着不能对别人说的苦恼。人不是草木，感情也没办法压制住，在无数次挣扎后，更可悲的是我们的身体非常的合适。发乎情，没止乎礼，也许人人都会痛骂我活该。

我结婚了，顾着所有人的感受，只是把我自己的心扔到了很远的地方。他知道后痛苦地要断了联系，那几天是我三十年来最黑暗的日子，我甚至时时有轻生的念头。我们还是没能分开，如果分开了，就像挖你的心一样。我没有矫情，真的，心真的会死的。

日子本可以若无其事地过下去，因为每个家庭都会有这样那样的麻烦。可是我的伴侣他有需求，而我没办法给。是的，一个身心出轨的女人她会讲她内心很纯粹，也许很可笑吧。

我想过和伴侣分开，虽然他没错，顾家。面对他我有很强的抵抗情绪和负罪感，我怕耽误了他以后的路。知心的朋友劝我要理性，毕竟能不能和他结婚都还是未知数。我不是个会算计的人，不求前面跳下船后面刚好有人接收，我只是想我不能再害人害己。

　　以后会怎么样我自己也有些害怕，孤独一生还是再受磨难我也不知道。良心的安宁和现实的平静谁更重要？我走投无路，或许是道行不深，只因我不是林妹妹，就写了这封信给你。

　　祝好！

　　　　　　　　　　　　　　　　　　　　小诺

小诺：

　　在一个多数时候都显得乏味、枯燥的时空里，我认为，那些似乎是走过了头的自由主义来中和一下，作一点冲撞，是能让人受益的。所以我认为人有堕胎的权利（这点在我们这儿不是多大的障碍），人有完全掌控自己生命的权利（这点不为多数人所接受，但是别人阻止不了你），人也有权利过着别人讨厌的生活（这点同样不为多数人接受，并且他们可以阻止你）。

　　别人所讨厌的生活，当然不一定是坏的，可能好得很，当一个尖刻的批评者，搞得别人鸡飞狗跳就是其中一种；天天在路灯下观棋，而且就是要说话，这也是一种。坏的嘛，你就是一个例子，在从恋爱到婚姻再到婚姻破裂的过程当中，一直爱着另外一个已婚男人。既然是人的权利（也是爱的权利），那么他就可以不在乎别人的感受。我不认为某种"坏的爱情"有什么可以指责的，事实上，任何自由选择的爱情都是美的，谁也没有资格"痛骂"你。

　　对你好是有原因的。因为看起来你正在满足一个条件，你没有怨别人，敢于为自己的选择买单（最后应该体现为放那个连性都得不到满足的可怜的男人一条生路，请确认你会离开他，不然，所有好话收回）。这个世界是互动的，你对别人好，别人可能也对你好，你不在乎别人，别人一定加倍讨厌你。选择过着别人讨厌的生活，不能马上死掉以闪开那些不愉快的事情，就只能付出一些代价。对于你来说，这个代价就是成为别人眼里奇怪的单身女人，维系着地下情缘，甚至"孤独一生"。你并没有像其他许多人一样，用一个形式上的家庭来作为社会保护色，而性与爱却全给了另一人，让他人为自己的暗爽作牺牲，你可能还记得原来这个专栏里还有人来信夸耀自己的这种聪明，并一股脑把责任推给其他人，你不是这样的孱头与滑稽人物，你有权利享有任何你喜欢的爱情。

爱情是人生中比较高级的东西，没有它的人生是廉价的人生。这种高级东西需要一点点勇气，咬咬牙。抱怨从来很多，语法很单调，我是爱一个人，可是父母、可是习惯、可是亲朋、可是议论、可是将来、可是派出去的红包还没有回本、可是孩子……这些可是都对，可是我要说，那些得到了自己爱情的人，方法论不同，或者刚烈，或者圆融，他们都要解决这些"可是"，我们生存的这个老大古旧的结构，纵然有大压力，看上去很吓人，你违背了它们，不"可是"了，并不会有什么严重的后果，不会坐牢，也不会遭诅咒。肯定有人会说，说是这么说，可是做起来真的很难，是的，亲爱的兄弟姐妹，女士们、先生们、同学们、老乡们，做起来真的很难，你说得一点都没错，你真的很衬你的廉价人生。

　　小诺，这些"可是"都不足以困扰你，我实在想不出你还有什么问题需要解决，如果你只是希望得到我一个支持的答复，你不会失望的，你会得到双倍你要的，我现在就说：支持一！支持二！

　　祝开心！

连岳

2007年3月21日

所有的夫妻档都该拆伙重来？

连岳：

你好！直接了当地讲吧，我是你上一周"付出了代价，就可以爱任何一种爱"一文中的另一个角色，女主角爱的那个男子的妻子。或许不是同一人，但是桥段是一样的。几乎看你每一期的"鸡汤"，蛮期待你对同一事件中不同角色的论点，你是支持付出代价追求"人生中比较高级的东西——爱情"的，那么也请你对我支持一下。

很简单地讲，我和先生是相爱而结婚的，不是媒妁之约，也没有人用枪指着他。我们的甜蜜不需要和任何人比较，所有陷入爱情的男女经历的我们都发生过，不一而述，回忆过去是两个人的专利，不需要拿来晒，哪怕这个时代很流行晒。我们共同经历过一些坎坷，进入婚姻，我相信那些坎坷造就我们对家庭的珍惜。

然后"付出代价"的女主角就登场了！情节参照上期，不赘述了。

很可笑的是，如此轰轰烈烈的爱情，也逃不

过9点档连续剧编剧的想象力：我是最后知道的，甚至晚于女主角的丈夫。

看你的论点，仿佛是对"廊桥遗梦"的电影评论。伟大的人类永远有惊世的作品，"白雪公主"是一部，"廊桥遗梦"算续集好了，中间不衔接的部分，请插入上期女主角的"记忆"。

第三者有著名的宣言：爱情中那个不被爱的才是第三者！或许是女主角要做任何决定的确据，可是，我要问的是，谁说的爱才是爱，或者换种问法，什么样的爱情才算是爱呢？下半身的爱情是爱情？夫妻间的爱情就不是爱情？我们可以很坦白地讲，在一起十几年的夫妻，再怎样也不会比外遇有新鲜感，但凡有触电的感觉，那么所有的夫妻档都该拆伙重来？爱情的一部分转为亲情就不是人生比较高级的东西了？

尊重人性是目前比较流行的讲法，但人性只是下半身的代名词吗？活在这个社会，我们享有这个社会N多福利，父母之爱，众友情，同事帮衬，要过不廉价的人生很简单，不难，上船和爱人漂流去，不要妨碍别人廉价的人生，这个是做起来不难的代价！享受了社会福利，却又唾弃社会的规则，下半身冲动的时候要追求高级的人生，压力来了躲在连岳的支持背后做皇帝的新装状，谁为此买单呢？似乎女主角的丈夫埋的单最贵了，我其次。（PS：真实事件中，是女主角的女儿买单最贵！）

当然，连岳，你完全可以讲，我们都无需买单，只要从人性的角度出发！你也不是石头里蹦出来的人，你也有你的社会性，你的社会性决定了你是无神论者，不相信什么诅咒，也有法律常识可以判断是否够得上坐牢，在运用了社会各种工具之后，来下结论：亲爱的兄弟姐妹，女士们，先生们，同学们，老乡们过的都是廉价人生！那么，连岳，请继续用这样的解题方式来支持一下我，我的爱情也是人生中比较高级的东西，我的先生对我是有爱情也有亲情，请给我你的支持吧，但是千万要骇世惊俗，促进报纸销量，千万不要做连续剧的编辑！

祝好！

撒啦

撒啦：

　　我当然是支持我的每一位读者的，如果这样能让你开心，能让你赢另一个女人，并且守住你丈夫这座城池，那么，我会给你双倍的支持，请收下：支持一，支持二。

　　我愿意接受你对"第三者"及对我的谴责，我甚至会像个老朋友一样，在此刻和你说话时，相信神，害怕诅咒，恐惧社会舆论，感恩N多福利，把你的竞争者全定位于"下半身的冲动"。我何苦顶着"第三者教父"的虚名，得到实惠的却是另外的男人？

　　我不能说你的爱情形态不对，谢谢你一直看这个专栏，因此你可能会发现我没有说过哪种爱情形态不对，我一直不喜欢的是人不对自己的选择负责，当快意消失以后，任何形态都必然出现的痛苦来临之际，就开始埋怨别人。

　　人可以选择他喜欢的任何一种爱情形态——不幸的是，他确实享有那些你不喜欢的所有权利：不信神，不怕诅咒与谴责，或者把你不屑的"下半身的冲动"当成爱情的重要部分，甚至是全部。你看重的N多福利，在他眼里，全是可有可无的他人叹息；他干了这些事，还不犯法，不坐牢。

　　以上的事实，都是你不想听到的，也恐惧它们的发生。它们就是发生了。你看了上一期的专栏，你知道，她就是一个无所畏惧的人，她来了，她说："我会抛弃一切爱你，我只对你有欲望。"

　　而你对他说："这一切，你都对不起，抛弃了都有罪，所以你还是只能爱我。"

所有的爱情都是高级的，不顾一切的女人是高级的，挟一切自重的女人也是高级的。只不过，在上述两种高级当中，亲爱的兄弟姐妹，女士们，先生们，同学们，老乡们，男人会选择哪一种呢？

你当然也看到了输赢的结果。所以我理解你的忧虑，你试图从道德的角度打击对手的策略也无不可。只不过，这种老套的战斗方法，无法削弱你的对手。

这样就回到了你的追问："那么所有的夫妻档都该拆伙重来？"当然不会，并不是所有人都有第二人爱的，也没有几个人值得别人抛弃一切争夺——希望这样不会让那些虚荣的人发出另一个追问："为什么我们这个夫妻档从来没人来拆伙？"

是的，所有的夫妻都面临着拆伙重来的可能性，这种危险是婚姻应该承担的，这也是选择婚姻的人应该戒慎恐惧的。谁说结婚了十多年的女人一定输？赢得干净漂亮的多得是，你的心里已经缴械了，然后祭出"N多福利"来增加心理威慑力，战略战术都是错的，是你自己输了，不是白雪公主的童话写错了。

最后说一点题外话，为孩子保留一份虚假的婚姻，是折磨孩子的残酷刑罚，不要低估孩子的观察能力与智商。

祝开心。

连岳

2007 年 3 月 28 日

你是一个已经穿上鞋子的女人

连岳：

　　我父亲是一个军人，不过不是通常人们想象的军人的形象。小时候就只有妈妈带我，唯一的印象就是那时候她经常打我，或者让我在烈日下罚站，想到承认错误了再向她道歉，如果错误承认得好就可以经她允许回到凉快的屋子里去——这是她自创的教育方式，让她很得意。很可惜我从小就不是识时务的人，不觉得自己做错什么，所以就一直会罚站一整天，据说旁边的邻居看我站得摇摇晃晃得不忍心，会帮我求情，这反而让我妈妈更恼怒了。

　　我一天天长大了，她还是当我是小猫小狗一样，我也越发叛逆了，十二三岁就开始和她顶嘴，十五六岁她骂爸爸不中用时，我"帮着"爸爸回骂她：你不看看自己是什么东西？她听到这话，打我打得更狠了，上高中了我还脸上挂彩地去学校。

　　我23岁那年，爸爸半夜里心肌梗死。妈妈不久就天天麻将扑克、烟酒为友地过上她想过的生活，不久又交上男朋友帮她洗衣做饭供她骂，我带着争取来的两万块和爸爸在杭州分到的小套房子和我的男朋友开始我的生活……

我今天想说是我和我婆婆的关系，虽然没有像上面那个版本那么激烈，但那也是困扰着我。

结了婚，跟他父母的关系就近了一层，可相处得多，就觉得他们并没有真正接受我，我也并没有重新拥有一个家。

做他女朋友的时候，在他家住了几天感觉很好，他妈妈对人很细心热情，临走的时候塞给我们很多路上根本吃不完的水果和年轻人不会去吃的那种糕点，他嫌烦不肯拿，我全收下了，觉得他有个好妈妈，真幸福。临上车了，她还叮嘱我们："以后要互相照顾啊。"我感动得鼻子都酸了。

……

有一次，我们劝她说有一家面馆面很好吃，一起去尝尝看。吃完面，我让他去结账，我准备挽着他妈妈手出去，她一下子甩开我的手，急急到柜台看他们结账，我被晾在一边，有点错愕。我想他都那么大的人了，不至于三碗面多少钱这样的账都不会算，需要人去帮忙，但他妈妈不那么想。

有一年夏天我们去象山，我是一看到大海就发疯的人，看着海水人就雀跃起来。一个人在海边玩了很久，但他们沙滩上站了一会就想走了，他爸爸走过来，不耐烦地说："走了走了，都等你一个。"我随口说，你们先回去，我一会坐公交车走。后来他们就走了，我们两个留下来看海，但他心不在焉的，我也没兴致了，草草就走了。回到家后，他妈妈语重心长教育我不该这么不给长辈留面子……我看她那张慈祥的脸，觉得有点恶心。

她知道我家里的一点事情，有点担心起来，她说，以前你妈妈没好好管你，教你那些做人的规矩……打这以后，我每次参加他们的家族活动，她妈总提醒我注意礼节，不要乱说话乱穿衣，我心里凉了又凉，其实我是因为知道太多的规矩才这样的。

等到今年过年结束，他妈送我到车站又说："你们要互相照顾。"我终于听出这是运用中国人的花腔，明摆这要我多照顾他的宝贝儿子。

这样的小事情数不胜数，我想他父母并不是真的喜欢我的，反而觉得我是一个奇怪的危险的人。我甚至在想，如果我不是在杭州还有一套小房子，他们未必同意这门婚事。

小T

小 T：

我对那种自己长大的倔小孩总是怀有深深的敬意，这些狠人，像野猫一样，像虎豹豺狼一样，他们才是世界的主人，中国的父母在常态的时候看起来都像变态，更不用说摊上变态的了，从小就能赢他们，这个世界上还有什么难事呢？

你就是这样一个倔小孩吧。你现在只需要过一个小小的坎，那就是告诉自己：如果命中注定碰不上好妈妈，如果自己的妈妈都没有爱过自己，那么，绝不要希望婆婆承担这样的角色，绝不要把对"妈妈"的渴望投射到任何一个老女人身上。这么做了，就是自取其辱，你和婆婆交流过成长中的不幸，在她看来，只不过是"野孩子"的自供状，她不会就此成为你的妈妈，反而会为儿子抱屈。

你今生不会有妈妈了，你要做的，就是当一个好妈妈（想要孩子的话），不要用你妈妈及你婆婆那套对付你的孩子——因为我们会从我们自己厌恶的压迫者身上学习行为模式。

说实话，我对你婆婆没有过分的恶感，你不指望她爱你，那种陌生人一样的客套与花腔，就不至于伤害你。指望得到婆婆之爱的女人与渴望丈母娘怜惜的男人，在我看来，都跨过了常态那条线，得不到回应是正常的。

你爱他，并不需要爱他整个家族，这是你爱情的权利；他爱你，并不必带着整个家族一起爱你，这是他的权利。从小对长辈有深刻认识的你，本来不该犯这种低级失误的。世上的妈妈不外乎是你妈妈的翻版，她用"恶"作为强制的工具，有人用伪装成"善"的"恶"来施暴而已，人性这种东西和你小时候是一样的。

你的背运已经走完了，有房子，有人爱你，折磨你的妈妈现在不是你的对手了，你是个能应对一切的"野人"，不是找妈妈的小蝌蚪。

克尔郭凯尔写过这样的寓言：有一个穷人，从来没有穿过鞋子，他时来运转，发了笔小财，于是进城给自己买了一双鞋子，竟然还有钱找！于是他开心地穿了鞋子去喝个烂醉，横躺在马路上睡着了。不久，来了一辆马车，马车夫大声把他叫醒。这位醉汉抬头看见一双脚挡住了马车，想了想说，尽管轧过去吧，穿鞋的脚，不是我的脚。

他这是为你写的。

你早已穿上鞋子啦，不再是光脚的可怜虫了，不要有可怜虫的思维。

顺便说句题外话，在婆媳争夺一个男人的斗争当中（公平地说，这种战争一般是由男人的妈妈发起的），媳妇是天然的胜利者，大可姿态放轻松，不要过于紧张。

为什么我这么肯定？

因为他不可能和他妈妈做爱。

连岳

2007年4月4日

我们不能像鸵鸟一样，
关键时刻就用屁股思考

连岳：

我同样也正在经受撒啦的一切，非常明白她所受到的伤害和痛苦。能体会到对第三者那么嚣张的愤怒。我也同意连岳关于"人可以选择他喜欢的任何一种爱情形态"的理论。所以，爱没有错，关键是爱的对象和方式，是不是错了。

我觉得两个女人都已经非常明白地表示了自己的立场，那个男人呢？他到底是怎么想的，爱谁？放弃谁？为了同样爱你的两个女人，做个决定吧。我就是这样跟老公说的。我愿意面对所有的一切，只要是真相。为了一个已经不再爱你的男人，赔上你一生的时间，不值得。所以，请好好跟老公沟通一下，知道你们的爱还在吗？这非常重要。

撒啦，请勇敢一些，你的生活并不会因为别人而被毁掉，只有你自己。如果说曾经将自己的一切奉献给这个家庭和孩子的话，那么请你和我一样重新恢复自己独立的生活，和以前的朋友多联系，认识一些新的朋友，去健身美容，看看电影话剧，重新建立自信，我们要让自己变得更好。想要捍卫自己的家庭，这是你应该走的第一步。然后，给予老公一些适当的关心和宽容。一段婚姻走到这种地步，你和老公都有责任的，不是吗？你的男人如果还爱你，他会回来的；如果爱已经不存在，他回来了又如何？即使他愿意回来，你们也有一段非常漫长和艰难的路要走。有时候，这会是一条更艰难的路。

对于那个第三者，我同样要说。如果你连自己的婚姻都没有勇气去面对，你能好好地再爱另一个男人吗？我想你首先要面对的是你现实中存在的婚姻，把它处理好，你才有权力说爱。

我唯一不能认同的是媒体对第三者的宽容和支持。不管爱是多么真诚，多么不计代价，但事实就是因为你的爱而伤害了一些无辜的人。这是一个随便用什么借口都不能被抵消的事实。请不要让这种第三者的感情宣泄，再去伤害一颗已经受到伤害的心了。

我想这首先是我写给自己的一封信，然后才是撒啦、连岳和其他人。也请连岳给我一些支持和鼓励，如果撒啦愿意，可以让她用邮件联系我。让我们一起变得更勇敢，放过别人，其实就是放过自己。

第四人

第四人：

　　为了不让读者大爷们去翻前几期的报纸，就是想翻可能也没几个人有保留报纸的习惯，所以我得回顾一下前两集的剧情。3 月 21 日的《付出了代价，就可以爱任何一种爱》，是一位妻子，不幸的是，她爱的是别人的丈夫，她如此爱后者，以至于对前者有了生理上的抗拒，她因此下决心做出选择，并承担后果，我说支持一，支持二。在 3 月 28 日的《所有的夫妻档都该拆伙重来？》，丈夫被抢的女人来了邮件（当然，这两人并不是同一事件的当事人），认为我应该给她支持，我说好，给了支持一并支持二，但是说这改变不了事实，所有的夫妻档都必然面临拆伙重来的可能性。

　　今天，"第四人"作为自己经历过类似事件并且调适成功的女人，提了很多我认为合理的建议，比如"为了一个已经不再爱你的男人，赔上你一生的时间，不值得"。又如，"如果爱已经不存在，他回来了又如何？"至于与老朋友多联系，去看电影话剧之类的，可能就比较个人了，老朋友一般都八卦，你心头的惨痛变成她们饭后的谈资，可能无助于疗伤，而电影话剧里，第三者的戏份都不少，她们还长得挺漂亮，编剧导演也没有太多谴责的意思，这样又会触景伤情。

　　我觉得第四人是不错的安慰者，因为她有面对的勇气，说话能在适当的时候不顾逻辑——这样伤心的人听起来会比较入耳。她同意我的观点"人可以选择他喜欢的任何一种爱情形态",但接下来马上说"爱没有错,关键是爱的对象和方式,是不是错了"。承认其中的任何一句话,都得否认另一句话。

又不是上逻辑课,为什么要这么纯学术呢?那是我一向认为解决问题的最好办法就是尊重事实,尊重逻辑带给我们的结论,哪怕这个结论我们相当不喜欢。我们不能像鸵鸟一样,关键时刻就用屁股思考。不由分说,就把"第三者"判个道德死刑,这样相当省事,也可以获得大众的喝彩,在二三十年前,只要讨论到爱情,这就是标准口径,可是那时候的爱远远比现在的爱少,那时候的家庭普遍比现在的家庭无趣。彼此不爱的家庭却又无法拆散,再也没有比这个更不道德的事情了。

最近很多人看过美国大片《300》,可能连带对斯巴达有了好感,那个国度是由国家统一知识的,道德上最为纯粹,绝不会有怪力乱神的议论,可是偏偏他们也屡次发现他们的王位继承人,当初的精子是来自圣上以外的第三人。

真正的选择是平实可信的,不必动用太多概念与舆论。我有一个朋友,胆、识、才、气俱佳,还有财,但是只爱老婆,从没有绯闻,我专门问他这事,心想,他若跟我猛扯道德,那可能就有偷吃,只不过藏得深罢了,结果他说,我当然喜欢女人,不过外遇想想都累,又要逛街,又要买礼物,又要发短信,没有读书来得开心。我于是相信了他的清白,也知道这个人知道家庭的价值。

我们爱爱情、爱家庭，女人爱男人，男人爱女人，女人爱女人，男人爱男人，爱无疑是我们不可或缺的东西，正因为它好，我们才不回避它的易碎性以及它永远都面临的威胁。不要心存侥幸：你都跟我结婚了，媒体又都在诅咒第三者，你还能怎么样？

他能把你变成一个诅咒狂人，而自己去开心。

连岳

2007年4月18日

消灭变态的父母，
为自己争取人生权利

连兄：

上厕所的时候捧了期发黄的《上海壹周》看啊看，不留情面，好啊，正如我一位已经自杀的朋友所言，说得夸张点好，别人容易理解。

这发黄的一期B12印着你的泡椒观点：中国的父母都是变态的。说的真是太对了。

我父母不变态，他们是我的朋友。大概是因为从小我就会离家出走，与他们吵架，背着他们拨号上网，玩18禁游戏。同时也感谢他们在家里留了很多书。大概玩得太厉害，高考没考上一志愿，进了没有研究生院的一本垫底的大学。本科期间谈了3个男朋友，每个我妈都见过。除了警告我别越界之外，也没多做干涉。后来我就继续读研，谈了现在的这第4个男朋友。

谈了半年，见了他父母，见面吃饭，帮我买了点东西。过年男友来我家拜年，回礼压岁钱。本来是平静温和的小日子，我也满足，准备年内和他考掉GRE和TOFEL，申请所世界排名超过当年一本志愿的美国牛校。

可惜，"好景不长"这词不是白白被收录进成语辞典的。

某周他回家后传来厄讯，他父母让他立马与我分手。理由呢？因为我父母在外地，上海没有房子（我父亲是上海知青，一般过年回来）。想来春节约会时，随口说了句，以后我帮父母买套房子，住得近点，方便我爸到家里玩PS2，给他买个方向盘，开开GT、RR之类，也省得他戴着老花眼镜玩我的PSP了。

他不从，他娘亲就写了封信上书各种堂而皇之的理由，什么年纪小，不懂事，怕耽误我——我呸，我们都24岁了，100年前已经子孙满堂了——我就回了封信，俗称一封家书。上书相爱相识理由＋家庭情况介绍，其实我家条件真不差，父母虽然在外地，可工资都比他爹娘高个数倍。他娘亲接了我的家书，非但没消除疑虑，还反咬我心机重，狡猾，人品差，说话吹牛，夸大家庭背景。

事到如今，他父母视我为洪水猛兽，又写信给儿子，说是为了不让他痛苦一辈子；又说要跟儿子断绝关系；又停了他每个月的生活费。

各位看官，汝等必要问我，为何儿子不出面与其爹妈沟通。一切都要从家庭环境说起。就拿我这个男友来说吧，家里从小含嘴里捧手上，溺爱之极。沟通在其家里没有必要，要什么就有什么嘛。还好此人天资尚可，否则早已废料一块。但现在也落下后遗症若干，譬如，父母永远视其为小孩儿；不会与父母沟通；不会哄人（包括女朋友我）。话说父母是一定要哄的，从长达20年的家庭斗争（自4岁离家出走算起）中我深刻地明白了这个道理。争吵＋哄，软硬兼施，胡萝卜＋大棒，张弛有道也～这是最佳百试不爽人际关系大法嘛。父母也是人嘛，当然也属于应用范畴。可他咋就不懂这个道理呢，让他哄几句父母，哄词也给他写好了，发到他手机了，可他看到父母冰冷的脸就退缩了。热脸贴冷屁股这等事，他怎么也学不会啊。

仰天长叹也没有用，还好连叔叔你最后的话鼓励了我，因为男人是无法和他妈做爱的。唉，本来是不想有婚前性行为的，难道非要祭出这最后一招么。本人年轻貌美，身材好，善解人意，知书达理，物质生活和精神生活皆丰富，但也免不了掉入人间俗套设下的陷阱中啊～再说吧，话说Production.I.G.去年黄金档的年番告诉我船到桥头自然直嘛。（此句可忽略）

连叔叔，希望你转告那些小于18岁的弟弟妹妹们，人都是很贱的，包括父母。爱哭的孩子有奶吃。消灭变态的父母，为自己争取人生权利，必须从现在开始做起。

祝大家幸福。

Lilium

Lilium 妹：

多好的来信，我只略删数字，并不嫌它过长，全部照登，如果让我主编中学语文教材，王小波先生的名篇《一只特立独行的猪》之后，就是Lilium侄女上述文字——它的唯一缺点是辈分有点乱，开始喊我"连兄"，后面叫我"连叔叔"，我老得有点快。

飞人乔丹曾经尝试着当教练、管理球队，后来搞得一团糟。他失败的原因全世界都知道，一个能从罚球线飞起扣篮的人，根本不屑于讲解基本的技术，而多数在NBA混的球员，在他眼里，也全是不可救药的傻子，这样当然完全失去耐心，兵败如山倒。那些好教练其实相当能体会一般人的苦处和局限，也允许他们的成长过程久一点，并非点拨几句就能醍醐灌顶，他们毕竟是驴嘛，所以得像你所说的，胡萝卜加大棒。

周边的驴多了，就要了解驴的思维。有句滑头的美国俗语说了，"打不赢就入伙"。这里的"入伙"，按我理解，并不是变成驴的意思，而是用驴才能理解的方式说话。人很贱，人变成父母很贱，这不是本朝特色，而是超越了时间属性的永恒人性。作为一个乐观的人，我更愿意看到事情的另一面，那就是聪明人，能轻松挣脱贱性的人，也会按比例出生，你就是其中一个嘛。

我们得有耐心，慢慢来。因为傻的主要优点就是它笨重耐磨，韧性强大，要赢它得比它更持久。

中国人偏爱男孩，据说这是生殖崇拜，但是我不太同意，可以简单证明：女人申请一颗精子就可以繁殖了，现在甚至可以克隆了，人类彻底去精子化在技术上已经成熟；而给男人一颗卵子，他必然无所作为，要生殖崇拜得崇拜女性才对。无论如何，一个家庭里唯一的孩子，还是男孩，被宠得变形乃至在情商上呈现半残疾状态，那比比皆是。而爱情又是那么现实，许多男人聪明，可是他们老了；许多男人也许会聪明，可是他们还在吃奶，你只能爱现在的青春期的男子，他们就算普遍幼稚，那也得接受现实。

还好，这不算悲惨。就算是现代爱情买一送一，还额外赠送了浓缩版的男人成长史。现在的妈妈们，除了早早断奶，其他什么都不愿意与儿子断，你可以欣赏到他的了断过程，不亦快哉！

我觉得你有个想法相当可行，那就是和他一起到美国牛校（不牛校也可以，反正中国人只知道哈佛耶鲁），读书恋爱，生个孩子也可以，隔着一个太平洋，再变态的父母也挡了，即使他们要冲到美国，还有美国领事馆会拒签。几年后你们回来，你还继续喜欢他，生活已经纳入你的步调与节奏；你若开始讨厌他，就故意露个破绽，让他妈妈重新得到他。

　　最后还得提醒一下，性手枪不是百发百中的，男人固然不能和妈妈做爱，可是和你做爱了以后，就可能把你当妈妈了，又想着新的女人了。

连岳

2007年4月25日

爱情中的残酷女人定律

连岳：

即使还很年轻，但从来都抱着以结婚为交往最终目的的我显然觉得真的到了谈婚论嫁的年纪。尽管我觉得自己的心志、责任感、对别人的信任度和经济能力并没强悍到和男人经营一个家的地步，但我还是热烈地期望着。

这种期望因为现实的纠结而逼迫我每天洗脑式地给自己催眠，比如对婚姻的责任恐慌，对诱惑的无法招架，对宝宝的教育强度……总之，我试图安慰自己，不结婚挺好的。可是为什么我还这么难过啊？难过到觉得自己的一生似乎毫无悬念，连最后一点赖以支撑的信念都没有了。

因为我穷，而我爱的人也穷。即使他什么都好，我闭上眼睛想到他的唯一缺点只有穷，他爱我包容我，最难得的是诚心诚意地爱护和尊重我家人和朋友，那比我生命和尊严还重要的亲情和朋友是我一生都想保护的啊。可是，因为穷，我们过很现实和周密计划的生活，房子是遥遥无期的奢念。真的，我不贪心，我只想总面积80平方左右的二手房就可以，只要先付了首付就好。我只想偶尔去商场买件喜欢的几百块裙子而不用犹豫得和割肉一样。我是很勤俭的人，哪怕我们工资都很低，但依然有些许节余，并能买大多数我们想买的东西，钱，总是能省出来的。何况他基本成了禁欲主义者，无条件满足我的希冀而从不想到自己。感动？长久的磨合变成一种理所当然的习惯，是很温暖很安心的妥帖。

但是我怕，很怕很怕，在一起这么多年，因为总是怕父母担心自己过得不好，所以从来不提及让他们担忧的事。再苦都自己忍住，穷怕了，曾在一个地下室般没有阳光的蜗居住了一年多，但依旧是笑着的，因为年轻时的爱总是比我们想象的更勇敢单纯、一往无前。只是我敢奢望把爱情升华到婚姻，融入到生活里的细枝末节，我依然坚定吗？

我是那种虽然家境普通但被保护得太好的孩子，除了穷点，精神上倒是从没受过苦，有他陪着挡住一切，有朋友有家人责无旁贷地铺陈好一切。接触社会这么久，还是单纯的傻乎乎的，也没有真的试图变得更坚强一点，因为没有破釜沉舟的勇气。所以我怕，怕离开了他死的心都有。何况我怎么能因为这一个缺点而舍弃这个世界上那么好、那么爱我的一个人？我虽然觉得自己也还好，但也只是普通的好而已，没好到贵族小开专一地把大把金钱毫无怨言地供我挥霍，何况我能付出什么优渥的代价呢？我是那么喜欢自由和平等的人，我舍得放弃自尊和主动权而迎合别人吗？

我知道，我们现在都年轻，未来的一切不会就这么尘埃落定，何况他也是上进勤奋的男子，何况因为爱，他也不舍得让我一直吃苦。只是还是怕啊，一想到只能靠我们自己的力量支撑起以后长久的生活，甚至房子的首付都没有，每年存的钱，不发生变故，也要五六年的事啊。那时我都多老了啊！因为我们只是工薪阶层啊，收入决定了一切，再努力勤奋有什么用，机会总是遥不可及，也不会有什么本质的突破吧。我知道我不该悲观，更不该放弃对他能力的信任，但谁帮我们的幸福买单？一想到现状和迷茫的未来就难过，我难过他也自责难过，想离开，但又舍不得。更怕这样的不舍得是换来一生的难过。

祝开心！（连岳你已经好几期都不用这个结束语了，嘿嘿。）

小米

小米:

穷的确是挺可怕的事情。一个穷人,哪怕他什么好处都有,卖血给你买红玫瑰,等候他的依然是分手。我觉得男青年们——如果"家父、家母"不识趣,没有及时过世,并给你留下大笔财产——一定得知道这个常识,不要以为自己帅、体贴,随口能说十来个冷笑话,还能流利阅读《纽约书评》,再穷姑娘都不会跑。

爱情中的残酷女人定律是:你缺什么,你的女友一定就会爱上什么。你有钱但是无趣,她就会喜欢上另一个有趣的人;你有趣但是没钱,她就会喜欢上另一个有钱的人。

爱情的残酷男人定律是:无论你缺不缺,你的男友都会爱上另外一个人。你波大无脑,他就会喜欢另外一个波大有脑的人;你波小有脑,他就会喜欢上另外一个波大无脑的人——这条定律是题外话,容后再叙,今天因势利导,先说"残酷女人定律"。

我得说,我并无那么强的道德感,一个女人因为男友穷而放弃他,在我看来,与一个男人因为女友不漂亮而放弃她一样,都正当得很,不需要承受什么指责。穷孩子们也不必感觉太受伤,努力挣钱就是了。世界其实有点重男轻女,因为一个穷男人变得有钱并不是什么难事,而一个丑姑娘要变漂亮,不动刀的话,可能性趋近于零。

有个中年朋友告诉我一件故事，在他年轻时，有天早上女友出门，忽然发现鞋子坏了，而因为他们都还穷，鞋子只有一双，她伤心地埋怨了一句，然后穿着破鞋子出门了。他说那也是他最伤心的时刻，可能在那个时候才知道爱情最重要的要素是能让自己的女友尽情地买鞋子，如果可能，要多到穿不完。这是我搜集到的最懂爱情、最善于成长的男人样本之一（还有很多，以后会一一展示，让这个专栏的女性读者知道男人并非败德动物）。

一个男人，努力挣钱——至少过上平均偏上的生活，不太为花钱的事情操心；一个男人，追求一点意思——至少不会话题一离开钱就傻眼了；这些不都像男人应该修剪自己的鼻毛一样，是无须证明的公理吗？

男人不能混账到女人一谈钱就怀疑她的道德；她们甚至都不反对我们看A片呢，是吧？做人总得平等吧。

所以，小米呀，按照你自己的估计，再过五六年，也可以付房子的首付了，这个过程不算太长，说明他的收入至少有个平均数吧，再加上你描述他处世的老练温和，钱以后对他来说，应该不会太难。至少，你得给机会，我建议你花这五六年的时间成本。没有谁的未来是算得准的，而在我们这个国家，说实话，像他这种年纪的男人，穷的居多，你面临的困境，并不独特，都因此去找小开，小开们的负担未免过重了一点。

　　我还要直言一句，你们的未来要更好，你也有挣钱的义务。

　　祝开心。（如果你执意要找小开，祝你开心地找到。嘿嘿。）

连岳
2007年5月2日

不着四六胜过不三不四

连岳：

我要讲述的是我同学的事，我只是很看不惯她的做法，希望你能对此事有所评价。

我们班有个男生喜欢我们寝室的一个女生，他们平时很谈得来，从大一开始因为在一个部里面工作，所以有很多接触的机会，也许是这个男人的问题，他在男生那里的人缘不咋地，所以有一个很谈得来的女生么就会产生好感了。而这个女生在别人的眼中看来就是个豪放女、烈女之类的。原本我跟我寝室的另一个女生也不知道他们之间的事，但她回寝室来就一直会说他们之间谈了些什么之类的话，从他们的话语中我们跟她说这个男人肯定是对你有意思，但她表面上却说怎么可能啊，长成我这样谁会喜欢我呀！可是我们能从她脸上的表情明显看出她的沾沾自喜。他们就遮掩暧昧来暧昧去了两年，两个人都没有挑明。但是上学期事情有了转折，那男人向她表白了，又是手机短信、又是QQ签名、又是当面说的，反正能说的全都说了，这时候那女人就开始装蘩，不拒绝又不接受，就这么一直钓着他。本来这是他们两个人的事，我们作为旁观者是无权干涉的，但是毕竟跟她是一个寝室的，有时候她的很多处事态度都无法让我们苟同。我跟我同学分析下来，这个女人之所以不接受那个男人是因为他的口碑实在是太差了，我们那里所有的女生对他的评价都是"典型的上海小男人"，而且"长得就是阿爸级的呀"，而这个女人就是死要面子型的，所以碍于这些客观因素一直没有接受他。可是又不跟他说清楚，让那男人以为她的沉默就是默许了，一直在那里穷开心呀，孰知那女人一直在我们面前诋毁他的。

上个星期四，事情发生了奇迹般的转折，他们去幽会了。本来我们是不知道的，她骗我们说是跟同学出去了，但我们太了解她了，又根据各种蛛丝马迹，她自己不小心说漏嘴，我们就能断定他们两个出去了，但我们也没有挑明。那天晚上她也特别兴奋，但却一直跟我们说她有多讨厌多讨厌那个男人，我们就说你那么讨厌他么去跟他说清楚咯，不要再跟这种人玩暧昧了，她却扭扭捏捏说"我没跟他玩暧昧，也不屑跟这种人玩暧昧""他没有明确表白过，我怎么去拒绝他啦？"什么的。

　　这点就是最让我们看不惯的地方，她明明一直跟这个男人玩暧昧，却要装出一副很不屑的样子，在别人的眼中就一直是很豪放的、很爽快的女生，但只有我们两个一直跟她生活在一起的室友才知道她真正的本性，她有时候脸上那种说到男人时的暧昧、妩媚的表情就是让我们不舒服，然后又因那男人还一副沉浸在幸福中的状态，唉，真不知道要怎么说。

　　也许我的表述有些乱，希望连岳不要见怪。我们只是想要发泄一下心中的不满，希望您能给我们一点建议，谢谢～

室友

204 | 我爱问连岳 2

室友：

如果这是你自己的故事，而假托"我同学的事"——就像治性病那样——那我可以理解，否则，我只会觉得厌恶。

美国狗仔队曾经树立过这样的职业准则：只拍事实，不做判断。如果哪两位明星好上了，我们就会拍张他们的舌头打高尔夫的艳照，但是绝不下道德判断。在人类信息的传播中，狗仔队发布的消息占据了多数带宽，这说明人都是八卦的、三八的。狗仔队是不是导致了人类精神的大滑坡？我从来不这么认为，人们在娱乐之余若是遵守"只说事实，不做判断"的原则，与职业狗仔队保持同一个水准，那么人类的精神会比现在高贵一万倍。

你其实就是你们寝室里的狗仔队员——以美国标准来看，并不称职，你没有附寄照片。不过附上了也没有什么人想看，不就是两位一般的大学男女在恋爱嘛，可是消息里面充斥着你的愤怒、你对他们的长相、人品、行事方式的不满与鄙视。这样一对狗男女！竟然也在快乐地恋爱，这样一个丑女人！竟然也在玩暧昧、摆出"妩媚的表情"让你们不舒服。

你的表述一点都不乱，因为你的每一个毛孔都流淌着嫉妒——从你的角度看，它们闻起来自然是义愤的芬芳；旁人看来，那是泛滥的人性下水沟。

爱情，男女，有它美轮美奂的标准，奔着王子公主的方向去，我们毕竟不是低等动物，只在发情的时候随便苟合了事。而爱情男女，每个人都有自主选择的权利，它甚至可以只是发情时候的苟合，允许别人和自己不同，这是人类之所以是高等动物的特征之一。

你若说，好恶心，人怎么可以苟合呢？那么我恭喜你，你是一个比较有美感的人，但是别人的苟合不关你的事，你没有受到任何损害。你的美德站在你自己的脚上，与别人没有关系。我们软弱的时候，会说全世界都软弱，我为什么要勇敢呢？这时候是一棵墙头草；我们为了显示自己品味独特，会说既然某事全世界都喜欢，我就不那么喜欢啦……这时候是一棵反向墙头草。自己的软弱与混乱，全是自己的，跟世界上的其他人没有关系。硬要赖在别人身上，这就像在拥挤里的电梯里放了个无声有味的屁，当事人却率先跳出来谴责一样，无耻啊。

不要论断他人，除非别人请你论断。《福音书》禁止论断他人，出发点是每个人都有罪，他人眼里有刺，自己的眼里有梁木；文明社会里论断他人是冒犯，出发点是每个人都是他自己的终结，他做他的决定，他承担行为的后果；别人不能、也无权去替他选择。

你室友的感情不入你的法眼，不着四六，可是再怎么无聊，也好过几个不三不四的室友干涉别人的私生活吧？有这个闲工夫，赶快去找个男朋友吧，女性荷尔蒙太多了，需要有个地方平衡掉。

祝开心。

连岳

2007年5月16日

没常识的人不会得到爱

连岳：

犹豫了很久，还是忍不住提笔给你写这封信，我的故事是一个俗套得不能再俗套的暗恋故事，这样的故事适合发生在象牙塔，而现在却真实发生在25岁已经工作应该明白事理，知道有所为有所不为，现实和幻想能区别的我的身上。

他很优秀，在我们那个全国数一数二的高校里，他算是一个风云人物；大学低年级的时候曾经因为沉溺游戏不能自拔而降级，后来奋发图强跨系考上了研究生，从贪玩不思进取到充分参加社会活动成为知名外企的管理培训生；其实最重要的是他对人生有一个清晰的规划，自信满满、对问题又有着独特而深刻的见解；他很热心，经常会为学弟学妹参谋找工作以及职业生涯的规划等；当然，就物理指标而言，他也非常优秀，无愧英俊这一词汇。

花了相当篇幅的笔墨，描绘了他的优秀，however，连岳，事实上关于他的种种，我只是道听途说，从我们学校的BBS上了解的关于他的点滴信息，串起来形成一个他的白描。不可否认，里面掺杂了不少我的主观判断。

然后我毕业了，他读研了。

我工作一年半时，他工作了。

两条平行线，本没有交点。

突然有一天，走在下班的路上，我发现了熟悉的身影，鬼使神差似地，我跟他对视了有10秒钟，那一瞬觉得世界安静了。

后来，知道他工作的地点就在我家的附近，不过3分钟路程。

然后，我做了一个略带疯狂的举动，我找到了他的MAIL，以学妹的身份给他发了邮件，以咨询工作为名，和他取得了联系。

他是个很好的人，的确，条理清楚而又有帮助地回答了我的疑问，到目前为止，故事就发展到这个部分。

很简单，连岳，应该也看出了我的荒唐了。可25岁的我除了高中以外，这是最近一次有感觉了。对于感情始终抱着宁缺毋滥的态度，或许，以前伤害过一些人，现在这样的感情折磨的罚落在了我的头上。

我很难受，连岳，你能给我一些行之有效的意见吗？我想争取我自己的幸福。

BTW：不知道他有没有女朋友，去年11月的时候还没有，现在未知。

门当户对而言，我们是匹配的，包括家庭的大致情况、我现在的工作和他的工作。

按照外貌协会的标准，他英俊，我偏向可爱一点的，我略逊一筹。

啰里吧嗦写了那么多，实在是因为不知道怎么办，连岳，能帮帮我吗？

祝

健康快乐！

sunnyrainy

sunnyrainy：

　　永远不要高估人拥有的常识。稍稍老练一点的人马上可以看得出来，等这封邮件来往完了，"数一数二高校"里的"风云人物"早就与其他女生风月云雨去了，留给你的机会不多了。

　　一位25岁的女生，问了一位15岁女生就该解决的雏问题。从我的角度来看，这是件悲哀的事情，25了呀，多少好时光都已经过去了。不过，在性与爱上面什么都不懂，永远保持童稚状态，似乎又颇得社会的赞许，甚至能激发一些男人奇怪的性亢奋。公平一点说，你到现在连恋爱的第一步都不知如何走，你自己实在是不能负全责的。

　　在我之前的情感专栏，他们要负一点责任。

　　早年看《宋飞正传》（Seinfeld）时，有这样一集，宋飞交了一个漂亮的女朋友，如胶似漆之时，女生忽然惭愧地承认自己还是处女，宋飞马上面如土色，起了分手的念头。理由是"第一次的男人不会被忘掉""我可不想承担这么重的压力"。我当时想，把这集拍个中国版，女的奇货可居，男的见猎心喜，对比着看，爆笑指数一定会很高。

　　《宋飞正传》是美国主流得很的情景喜剧，也就意味着里面的观念是顺应大众的，不会玩过分出格的异端。上面提到的那一集要说什么常识呢？那就是人应该有着与其年龄相符的常识。比如说，25岁的人没有恋爱经验是应该深刻反省的过错，不要听之任之，一定有地方不对劲了。

当一个地方没有常识与纯洁划上等号以后，生活在其中的人，就会受到影响。人是社会动物，所以一个人的性与爱也是社会养成的。动物们（圈养的除外）得到本能的乐趣，在人身上可能却会被悄悄剥夺——这句话希望不要被你误解为我们应该像低等动物一样，在路上看对眼了，立马就找番乐子，我的意思是说，人类好不容易有了低等动物没有的文明，显然是应该让我们得到更多快乐的，而不是让一个人犯傻；如果某种文明坚持认为人们应该犯傻，那显然就不是文明。

你认识一个男人，有他的MAIL地址，知道他工作的地方，甚至就在你家附近，无论是主动联系，还是扮扮偶遇，都是再轻松不过的事情了。连小学早恋的孩子们都无师自通，喜欢另一个人，就得在他身边多转悠，混熟了，就说"我爱你"，就是这么简单。你25了，智力正常，自称外形"偏向可爱"（这意味着不太漂亮，不过，又有什么关系呢），能描绘双方详细的战力表格，直接把喜欢他的意思告诉他好了——这是爱一个人无法省略的第一步骤。你是更不可能有胆省过繁文缛节，直接把他抱起来走向大床的。

接下来，你可能会问，如果被拒绝怎么办？以后朋友都没得做怎么办？这些都是常见的让我抓狂的问题，不过很多人爱问，估计你也绕不过。爱上他，他却不爱你，那还混在一起干嘛？指望别人爆胎后，暂时用你这个备胎吗？不纯粹是自寻烦恼吗？就算是他要继续当朋友，你也要拒绝，离开他去寻找另一个让自己动心的人。

BTW：如果他像你所说的那么好，半年过去了，他可能有女朋友了。

祝开心。

连岳

2007年5月23日

喜欢王子是自然的，
讨厌王八也是自然的

连岳兄：

刚刚发生了一件事，我回想了一下所有的朋友、亲人，最后冲回来决定问问你。

我家教的中年男人提出要包养我。这是我们第三还是第四次家教？他暗示一通后说得还比较明白了。我的第一反应当然是得意，耶～丑女也有出头天～然后很开心很明白地拒绝了。然后这个男的可能觉得有点受打击，觉得我一个偏远地区来的姑娘，长得还相当凑合，还拒绝一个someone的offer，就开始和我讲他的恋爱史，或者说是性史。一个不算帅的男的，如何有一个女的为他割腕（并注明他让这个女人从淑女变成了妖娆少妇！）……如何有一个99.9%的男人都不敢接近的明艳大学美女老师爱上他，他如何在她楼下大哭（我估计这一段是为了表示他还有那种年轻人一往无前的冲劲），一个不到20岁的比我上的大学牛逼的小姑娘家教的时候爱上了他！（家教的时候！）还给我看了她给他写的情书，确实相当深情，我很不合时宜地常常大笑出来，他可能有点尴尬，又和我讲了他和她们做爱质量很高什么的。当然，讲的方式相当委婉。作为一个觉得自己是someone的中年男的，用一种自以为不淫邪的语气和我讲这个，我感觉却很不爽。这不是学术讨论，又不是怎么想怎么说的直率，现在想起来简直猥琐（我为什么会觉得他猥琐也让我很困惑）。

我建议他花钱去买性，反正他也怕谈恋爱麻烦的。他就是说那套了，什么还是排斥那种什么的。让我真无语。

他怎么样还是其次，现在我的问题是，为什么我会很困惑，会不爽。我不知道我在困惑什么。之前一段时间，我还在不知天高地厚地叫嚣，说对于社会和国家我还有很多需要想的，可自己的个人生活问题，应该有稍稳定一点的价值观来解决了。可现在，真的碰到问题，我为什么困惑了，还连自己困惑什么都不知道。

我试着为自己分析，是因为他提出包养我冒犯到我了吗？显然没有，我还小得意呢！是因为他说的那些性的东西让我心理上反感了吗？也好像不应该，李银河先生在性社会学方面的著作我都读过，她和她丈夫是改变我生命的两个人。为什么我的表现像个对性有不洁感的人？还是这些东西只是被我扫除了部分，还有根子未除尽？我生活在这个文化传统中，可能经过自己的努力，看起来扫除了部分文化在我脑子里灌输的垃圾，实际还有深藏的根子，在没考验到自己时可以夸夸其谈剽悍得像个女流氓，一到自己了还是脑子一包浆了。

照我想来，我的反应应该是，他提出来了，我很开心，但就像我们的用工合同一样，他offer，我拒绝。他的内容也是一个正常的人的正常要求，我应该还是挺轻松地接着做我的家教赚着钱。可我怎么这么困惑，并且不知道困惑着什么。

和你说着平静些了。

想了一圈都不知道和谁说好。男朋友更不行，要是知道了，他会不会更急迫地想多挣钱养我。我还是想他做他想做的人，拼了一口男人的尊严来挣钱既无趣又代价高昂。朋友不行，她们还没遇到这样尖锐的拷问呢。妈妈也不行，妈妈不知道我对性的看法，她的经验和担心恐怕帮不了忙。

连岳兄，向你讨个看法。准备好了接受诛心的话，虽然我很害怕，可是，这是我脑子中又出来在面前的一团浆糊，我想解决它。

面糊

面糊妹：

　　我原来喜欢用《南方公园》（*South Park*）来找朋友，因为这部好玩的卡通很恶心、很丑、很暴力。这个标准仍然成立，只是近两年来，增加了另一部卡通《Family Gay》，根据它的反讽风格，我建议翻译成《家和万事兴》，它除了《南方公园》的所有优点（也就恶心、丑、暴力），还充满了无意识的即兴之作，而它的片头曲却唱到："这个世风日下的社会，媒体里全是性与暴力，我们的传统价值如何生存？"

　　我始终觉得，审丑能力的建立与审美能力的提高一样重要，某种程度上说，它们是一致的。我们最终目的是为了在所爱者面前彻底放松，无论是身体还是言语，丑是难免的。半桶水的文艺青年与爱情主义者，往往带着一身酸味行走，那就是因为少了一点审丑能力。

　　美国选举期间的新闻，我相当爱看，丑闻满天飞，双方都砸巨资揭露对方糗事（主要是性与道德诚信之类的）。换句话说，他们为旁观者制造了最好的戏剧效果。

　　而每次看比赛，如果场上两队球员打成一团，场边双方教练不顾形象破口对骂，我就会喝一口啤酒，觉得爽死了，认定看到了漂亮的比赛。大家都动气，说明才有激情，为了分出个胜负不顾一切——这才是对得起观众的举动。

　　回到感情范畴，人类的爱情领域，也得学会从"丑"当中学习的能力，知道它是不可回避的因素。就像乖孩子第一次暴粗口，他反而有一种得到力量，挣脱困有形态的成长快感。我们第一次听荤段子，第一次知道别人能以自己完全不屑的生活方式过着快乐的日子，其中的震撼也是爱情进阶的必修课。

我认为你其实解决了所有问题，包括你逗这位"中年包养男"述说性史的悠闲从容心态，包括你这句深情的话："我还是想他做他想做的人，拼了一口男人的尊严来挣钱既无趣又代价高昂。"你只不过对自己要求太高了，我们是没必要听了不那么清纯的话就立马拉下脸来表示自己的清纯，但这并不表示我们要概括承受那些粗糙的、毫无技术含量的段子。你的性学常识告诉你别人的性方式是别人的权利，于是对自己的听完别人性史后的恶心反而有了不该有的自责。提高审丑能力是要能从丑里看到美，知道有人是以丑的方式来体现美——前面提到的两部卡通就是如此——而不是我们必须喜欢丑，丑不可能无条件地成为美。

性学常识、自由常识都告诉我们，人有选择任何性形态的权利；但这不意味着我们必须放弃喜好的权利，生活形态当然有高贵与卑下的区别，我们的喜好不是罪错，毫不掩饰的喜好才是"剽悍"，所以你觉得"中年包养男"让你不爽是完全正常的生理与心理反应，不必过虑。正如人有选择王子（非血统意义）的权利，也有选择成王八的权利，这是他人不能剥夺的权利，但是王八让人不那么愿意接近，不那么舒服，这也是自然而然的事情。

连岳

2007年5月30日

我没有向这个世界的庸俗低过头

连老师：

　　我，28岁，单身。在一家国有企业朝九晚五，拿一份不贱不贵的薪金。生活概括八字，温饱尚可，奢华不够。

　　就因为像本人如此庸碌，条件一般的女子在这个社会多如牛毛；也因为没什么大事，所以才有了资格倾诉、提问，不知道如何指间波动才能得到您的铅字回复，就此开始啰嗦吧。

　　发现自己身边有许多像我一样"缩"的女子，我28，芳邻27和29，前辈35。我们最大的特点就是迟迟未能出阁，待字闺中。两点一线，单位到家，家到单位。晚上不是打游戏聊天看碟到十一点钟，要么就是像我八点便就寝。双休日足不出户，靠看碟打发时间。最近还碰到位三十高龄爱看动漫的女性朋友。

　　噢，差点忘了，我们另外一个特点就是除了相亲——结束，还是相亲——结束。是一群真命天子还未出现，就无人对视的老怪物。想象有别于我们生存状态的人们的嘲笑，可还是自顾自地活着。

相亲失败告终的原因很多，例如我，两位一开始比较谈得来的仁兄，还算善心，第二回合就把自己的"拙"露了底。这位想献血却不能够献的小伙子患有肝炎，还是最具危害力的那种。那位天不热就戴眼镜的原来视网膜脱落。在这个相亲前都需要体检验明真身的时代，我的落荒而逃，算不算现实。

接着陆续又登场两位极品，一位常常约在KFC，只点一杯饮料，自己不喝。在接到不再接触的通知时，还向我索取饮料的费用，请问哪个写信给您的还会伸手要稿费？另外一位颇令我同情，爱上同单位农村妹，无奈父母坚决反对，无非是我们城里的父母多了份养老保险。第一回合就在老妈带领之下粉墨登场。

最近又碰到媒人使诈，说好一米七的身高，也做好会缩水的思想准备，出去一看，还是弹眼落睛，在本人不穿高跟鞋的情况，他竟和我一致水平面。PS，本人一米六。请允许我再介绍芳邻的相亲盛况，也是起先说好的六K，看后满意，又膨胀到1W，最后像跳水运动一样降到1K，芳邻怒其不诚实，分手的结果是天天接到恐吓电话。

连老师，在这里我不想讨伐全体男性同胞，

只是一小撮个别的被我们一个一个中奖，是不是我们生活的精彩就来源于相亲，上帝让我们身经百战后，才得凯旋。笑笑的同时心里也不免悲哀。

我们外貌尚可，家庭尚可，学历尚可，工作尚可，薪资尚可的中庸一层，其实在生活中不是没有碰到心仪的男子，只是很难觅到门当户对的，只要一条不符合，就匹配不了，是社会让大家变得现实。

希您的犀利回复。

祝

日日好梦。

老怪物

老怪物：

你祝我日日好梦，就从这里说起吧。

我经常会做噩梦，近期我甚至生活在噩梦当中。

这样，我就不睡了吗？不，每天我都得按时入睡。

人生可能要有许多困苦。想起未来，我多少有点伤感。

这样，我就不活了吗？就去自杀吗？

不，我只会活得更好，我只会更加珍惜当下。

我会把当下的美好当成两倍美好来体验。

我照样恋爱。

我会加倍爱我的爱人。

我的这些感觉，并不只是个人的。

它是人性。是每个人都会感受到的。

你举了一个极端的例子：

"接着陆续又登场两位极品，一位常常约在 KFC，只点一杯饮料，自己不喝。在接到不再接触的通知时，还向我索取饮料的费用。"

世界上有这样的人，我们只会笑一笑，觉得相当喜感。

我们不会变成像他一样的人。

我们是为自己活，我们只做自己觉得美的事情，哪怕无人赞同。

我除了写情感，也写一点时事评论。让我引一段自己时评里的文章——这也是向亲爱的你请一周的假，我有点心力交瘁。

"几年来，一直有人在问我这个问题：'我说了该说的话，做了该做的事，可是有什么用吗？世界还不是老样子。'既然如此这般地充满了'无力感'，那么选择可能就是错的。我假装不回答，因为我还没想清楚。

今天，我想清楚了，所谓的'无力感'，那是把坏人的日子想太好了，只看见贼吃肉，没看见贼挨打；就算投身相对平和的追星事业，杨丽娟损失了一个爸爸也没有单独见成梦中的亲人刘德华。那么，凭什么你说了一点点真相，宣扬了一下常识，就应该收益丰厚？说自己喜欢说的话，那是你自己的选择，不是他人强迫的结果，所以你自己得承担后果——包括它不起任何作用，甚至为人所嫌恶。一个人的文章里全是'爱心、正义、良知'那确实了不得，但是你不能写完了以后对街边的'走鬼'说，我干的'爱正良'大业，关怀了你，你的烤红薯得打我五折。事实上，'爱正良'的主题往往不够娱乐，是不讨人喜欢的，《甘地》的观众数量绝赶不上《教父》。

在基督教早年的发展史上，有个理论相当值得研究传播学的人与那些身患'无力病'的人知道一下；它认为，选择'美德'比'美德的后果'更为重要——当时这种'后果'很有可能是负数：帝国的士兵在路边竖个十字架，把你钉上去，任你哀号至死；直到有一天，选择'美德'的人多到钉不胜钉，基督教就成了罗马帝国的国教，这说明选择本身就是力量，就是投票。现在许多的选择不会导致多么严重的后果，往往只是说了没人听有点寂寞，做了没有同伴有点孤单而已，实在算不上是多么了不起的事情，在'选择'的时候应该更为放松才对。"

爱情也是如此，我们像爱那样爱，即使得不到，将来我们也可以说：

我没有向这个世界的庸俗低过头。

祝开心。

连岳

2007 年 6 月 6 日

处女情结的悲剧是如何转化成喜剧的

连岳：

我不想追溯一下追随你的文字的历史来和你套近乎了。我需要你的帮助。

我认识的这个男人有严重的处女情结，开始交往的时候他曾经提过，但是自己说"已经好很多了"。我当时心里迟疑了一下，总不能还没正式开始就先告诉他我不是处女，而且既然已经好很多了，也许没有到很严重的程度。但是昨天晚上，半夜快睡着的时候，他突然问起我那天的反应，开始关注起答案来，反复地问我是还是不是。我们在一起的时候仅限于拥抱和亲吻。

在我遇见他之前的25年里，我爱过一个男生。我们在一起3年半时间，在第三年的时候，我把自己的第一次给了他，我们当时是要结婚的，只是我没有预料到后来的故事这么短。一年后，我认识了现在的他，以为可以重新开始爱和被爱的经历，没想到因为一个诚实的答案而没有了结局。

他有过两个女朋友。第一个谈了3年的恋爱，对方提出了分手。第二个女朋友是他的第一个性伴侣，但是对方在他之前就不是处女了。因为他的情节的作祟，他们总是吵架，彼此太过痛苦，也分手了。我不知道他们维持了多久。2年后的现在，他遇到了我。我们在一起的经过很自然，相处也很自然，对彼此的宠爱很合适。亲热到温度上升的时候，他会拍拍我的头，互相抱紧了只是感觉对方的心跳。直到昨天晚上，我亲口坦白了事实。

他当场搬到客厅去睡了。我走出去，蹲在他旁边试图安慰或者被安慰。他告诉我他此前关于我们未来的设计和彼时的失望，让我突然觉得自己罪孽深重，把两个人的幸福就这样弄丢了，虽然这和我一直以来对自己的评价不符。然后，他开始叫我忘了他。始终不肯答应，给彼此一个机会。

呵呵，差不多就这样了。事情完全不复杂，就算他今天早上发来短信说自己的心很痛，也不能改变短信聊到最后他依旧叫我忘了他的事实。他说他不能忍受自己的爱人曾和别人缠绵的事实。我发现自己突然很笨很笨，根本没有办法面对这些，再积极地去处理。我在自己宿舍床上考虑了近8个小时之后，只是觉得头痛，满脑子的浆糊。

于是我想到了连岳你。我只是想请你帮我理一下事实，告诉我北在哪。如果可能，分别给我和他一些建议。至于给"我们"的建议，恐怕连岳你也是回天乏术的。

谢谢你。

小麦

小麦：

那就忘了他吧。

不弄虚作假的话，处女膜在物理属性上，是不可再生的，正如男生切除过长的包皮一样，一去不复还的，不像皮包，丢了一个，可以再买一个。

你不是处女，他就很痛苦，"当场搬到客厅去睡了"，说明这位先生的处女情结深得很，你无法穿过时光隧道，回补当年的"失误"，又无法在他不知情的状态下，去做一个小手术，让他欢天喜地。基本上，就没办法了。别说你考虑了8个小时，就是再考虑80个8小时，也没办法。

不过，我还是很佩服他的执行力的。这点要表扬一下，有的男人，自己当嫖客，却有很强的处女情结，认为幸福的世界就应该是除了老婆之外的女人全是浪女。他还真有毅力把女朋友的处女膜（或想象中的处女膜）保留到最后一刻（逻辑好一点的同学会指出，他与第二个女朋友成为性伴侣，就说明破功了，但毕竟可以解释成，反正"她也不是处女了"）。在此之前，他天天和你同眠，没有"搬到客厅"去。莫非所谓的"忍者神龟"真的存在？

不过，在现代社会，小学男生一不管好，就开始性奴女同学（请参阅最近港澳社会新闻）。大家性成熟后，又有不少恋爱，对于恋爱的人来说，每一次爱都是真的，希望来生还要相爱，不过爱情的复杂性与艰巨性远远不是那些被爱冲昏的头脑可以想清楚的——换言之，爱情的失败比例总是高的，保守估计，每人恋爱三次才能找到真爱，爱情有三分之二都是失败的，怎么能指望在这种情形下，永保处子之身？

况且，有的爱情不到肉搏，你还真不知道它的虚弱，最极端的情形是你发现他根本没有JJ。早年大热美剧《欲望都市》里，有次撒曼莎找到了让她觉得有了爱情感觉的男人，好像此生找到了寄托，结果一上床，痛哭着回来，因为JJ实在是太小了（虽然教科书都说尺寸不重要，不过总是在正常的振幅内，买筷子，人家拿牙签出来充数，你也不会答应，是吧？）。不要以为这些都是虚构，真实得很呢。

男性占了生理结构的便宜，根本无法鉴定是不是第一次。如果一位男性到了二十五六岁，没有任何性经验——不一定是两个人之间的，你知道我的意思吧？不知道也没办法了——他是不是有资格要求女友也一定是处女？其实可能没有任何一个女人愿意做他的女朋友。除非是那种不是处女就觉得自己罪孽深重的笨蛋。

从你的来信看，你的第一次没有什么错。现在却觉得自己有罪，原因就在于他。如果你认罪，他就赦免你，那认了也就认了。你认了，他不要摆POSE，带着满腹的愁绪忧郁地离去，那就让他去实现处女之梦吧。

有处女情结的男人始终找不到处女，这是这个时代最深切而无法解救的悲剧，当窑奴，都还有释放的一天，有处女情结的男人，只会觉得他一生都被其他男人奴役。

这样我还笑嘻嘻地打趣你们，会不会显得很不人道？

可能会，不过没办法。不合时宜的悲剧总会变成喜剧的。

祝开心。

连岳

2007年6月27日

处女膜，是女人可以百分之一百掌握决定权的私人物品

连岳：

　　小麦介绍后，我认识你的。在《处女情结的悲剧是如何转化为喜剧的》之前，也是通过你的一篇文章我和小麦开始交往。我就是前文中你所提到的"忍者神龟"。

　　刚刚和小麦见了一面，恐怕是最后一面。她让我看了那篇文章。并且决定执行你文章中的第一句话。

　　我和她的交往，正如小麦说的，很自然，很自然。她不算是很了解我的过去，除了她提到那两个前女友，我接触过不少女孩，几乎都是浅尝辄止，所以我很清楚我需要什么样的女孩将来在我身边。当见到她，并且第一次约她出来吃饭的时候，我觉得我不说话看着她，她就会把很多话跟我说。我也觉得她看人时候那种很淡泊的眼神，让我有种温暖。那时候，我是不敢牵手的。自己不能很轻易地再谈恋爱，并且告诉自己，以前的处女情结已经伤害到别人，不能再伤害下去了，那时候开始决定下一个一定找一个是处女的。

于是，每个周末，开始有人可以说话了。有人知道我的苦，我的乐，有人知道我在生病。她的出现，让我很明确地告诉自己，论性格，就是她了。唯一一点，就是想知道她还是不是处女，说到这里，我都觉得自己很可笑。先前她没有说自己的过去，我还误认为她的确是，于是自己感觉自己中了头彩。知道么？一个女人如果经历了两次恋爱，并且还是处女，这是多么可贵啊。更何况她的性格又是那么出色。

当时的我心里满满的，似乎天下只有她一个女人了，也就差银行密码没给她了。掏心掏肺地把她供起来，造成了你所谓的执行力。

后来，故事就像她说的，突然之间，我感觉她和我之间多了一层隔阂。而那层隔阂，让我三次伤害了她。

报纸上看到的是第一次，还有第二次，昨天上午是第三次。今天见她是为了还她所有的东西，我怕自己不够狠心，带了牙签在身边，心软时可以扎自己一下。可我看到了报纸，震惊了，怎么扎都没有用。原本以为，她对自己的过去是没带有忏悔的，并且为自己的上一任男友打抱不平，总让我感觉到她还惦记着那个人。我也是很吃醋的。记得那时有一次我刺激她，"处女膜根本不是什么借口，我可以接受一个被强暴过的女孩，但是我很难接受一个恋爱时候没自爱的女孩"。看到报纸后，我发现我错了，她一直在承认自己的不对，只是没有说。她认罪了，你说会有两种情况，第一，我赦免她；第二，我忧郁地离去。不错，我赦免了她，可惜，她说她吓破胆了，三次伤害让她没有能力承受第四次。我是感情方面一个口拙的人，我低着头让她再给我一次机会，就一次。她没有答应，就如我那个时候没有答应给她一次机会。大概我自己作的孽吧。我感觉就像自己相中的一个将来的妻子说要离婚一样，我开始干着急，开始语无伦次地反复说"再给我一次机会""再给我一次机会"。结局就是她烦了，一次又一次地说没有可能。情急之下，我红了眼，指着她说了一句"我真想抽你耳光！"然后扬长而去。其实我只是绕了一圈回到了原地，而她，已经走开了。我想，大概被我吓坏了。你的两种可能，都没有实现，也不是悲剧，也不是喜剧，变成了闹剧。

现在，回到了自己的住处，看到她以前睡过的床，她以前的嬉笑，回想起我们一起去诸葛八卦村她那无邪的笑脸。她说明天我就会好了，然后发现今天是脑袋发热。可她似乎永远都不知道我是抱着一个失去妻子的心态乃至于羞愧的心态去迎接明天。

澍

澍：

　　但愿小麦能看到这封信吧。至少，可以让你们的关系不会结束在那句"我真想抽你耳光！"——你怎么以为这样的一句话可以挽回一个伤心的女人呢？用暴力对付女人的时代已经过去了——无论是言语上的，行动上的，还是观念上的（比如"处女情结""女子无才便是德"）。当然，用暴力对待男人的时代从来没有存在过，也不应该在将来存在。

　　看你这封邮件，我还被你的某些语句打动了一些。看来，小麦原来喜欢你，也不是全无道理的。你一点也不口拙，只是为什么对一个女人好，非得等她彻底心碎放弃你之后，才想到说出来呢？才知道甜言蜜语是男人应尽的天职呢？这点很像不孝的孩子在葬礼上哭得特别大声。

　　我有个朋友，他早生几千年人们会称呼他为"庄子"，两小时车程之外的父亲去世了，平时孝顺的他并没有回去，理由是：人死了，就烧了吧，我回去做什么？难道他就开口说话了？他自此被整个家族视为逆子与丑闻。不过，我倒认为他的做法率真且颇具魏晋名士之风——这些品质都是需要勇气的，不仅仅是出风头那么幼稚。说实话，他的态度才是我们对待亲人与爱人的表率，他们在的时候，对他们好一些，离别了，抒情就偏重于表演了，对于感情来说，无足轻重了。

你觉得小麦好，就从头开始追，这又有什么不可以的？不过，我觉得你仍然自相矛盾，观念里的恶意未消，只有这些让人厌烦恐惧的毛刺去掉了，她（或者任一个女人）才有胆量与你亲昵而不会受伤。

你肯定希望小麦对你尚存好感，这样你才有再续情缘的可能性，对吧？但是，你在信中说"原本以为，她对自己的过去是没带有忏悔的，并且为自己的上一任男友打抱不平，总让我感觉到她还惦记着那个人"。甚至你认为她因遭受强暴失去处女膜，都好过"恋爱时没自爱"——这再次验证了"处女情结"能把男人带到何等残忍的境地，而且，还自以为宽容……归结来说，你愿意接受的"非处女"女友，附带条件是，她必须是在不幸状态下失去处女身份，这样你才爽，心里才没有障碍。也就是说，她在见到你之前，要么没有性经验，要么性经验必须是痛苦不堪的——你对自己"处女情结"的修正，恕我直言，比古典处女情结，还更不堪，更滑稽，更让男人脸红。

是一个什么样的社会，能让一个男人，宁愿她的女友被强暴，也不愿她原来有过美好的性经验？

你的这番告白，可能第四次伤害了小麦，第一次大面积伤害这个专栏的女读者。让我再告诉你一个常识吧，一个女人的处女膜，是这个女人可以百分之一百掌握决定权的私人物品，她甚至可以觉得它讨厌而轻易放弃它，她不必保全它从而取得恋爱资格。处女膜，不是男人安装在女人身上的道德小侦探。一个女人在与你恋爱之前，可以有幸福快乐的性经验。

只有人，才有恋爱的资格。

先学做人，先学会说人话，你可能才有追求一个女人的资格。

连岳

2007年7月4日

父亲并无骚扰婆婆的特权

连岳：

　　开门见山地说，最近碰到了件棘手的事，年龄54岁的父亲因为性要求而频频向我的婆婆求欢。值得一说的是母亲尚健在，且婆婆已年过60。

　　6年前，由于我的怀孕，家住农村的父母赶来上海照顾我，为长远考虑，老公替父亲在朋友那里找了一个轻松简单的工作以打发时间。母亲自然留在家里照看幼小的孩子，相安无事多年。近年来的一天半夜，听闻婆婆哭泣，询问之下得知，由于母亲回农村老家有事一星期未回，父亲竟然半夜敲开来临时照看孩子的婆婆房门欲搂抱亲热，吓得婆婆当即制止这可怕行为。碍于情面，事后我和婆婆并无向我老公和母亲提及此事，毕竟对于农村出生的母亲来说要是知道此事，重则吐血身亡，轻则抑郁终生。

　　毕竟，50多岁的人有过高的性要求也不奇怪，但是在自己女儿家里对其婆婆有这方面的要求还真让我觉得无耻。老实巴交的父亲给我们的印象甚好，勤劳，不多语，做事有条理，我实在想象不出是什么样的冲动让他丧失理智？并未张扬的我们一方面想不出好的办法，一方面又寄希望于是父亲的偶然犯错，希望他能自己悔改并收心。但是可怕的事情还是一再发生，在接下来的时间里，只要母亲不在身边，父亲一有机会就对婆婆动手动脚，有一次，母亲又回老家，他趁着中午的时候赶到了家里（他知道家里中午除了婆婆是不会有人在的，我们都上班，小孩也上小班去了），大秋天的还坚持洗了澡之后光着上身就在客厅里走来走去，并不断地用话语搭讪着婆婆，结果当然还是没如他愿。事后父亲得严重感冒，母亲听说父亲生病后连忙赶回，还一直责骂自己没照顾好父亲呢。

天哪，怎么叫我善良的母亲想象得到这背后的原委啊？我该如何面对这样表面不动声色、内心又有如此变态情结的父亲啊，有时候看着母亲一大早就为父亲敲背捏腿，有时候父亲又对母亲爱理不理的样子真是心痛不已，作为儿女，我该如何挽救我们父辈的感情？

偶尔我也会套母亲的话来猜测父亲的真实想法，据母亲所说，父亲和母亲并无过频的性生活，原因一方面是父亲得过腰椎间盘突出，身体并不如以前强健；另一方面，可能保守的母亲对房事已经失去了过多的兴趣吧。在这方面上，母亲对父亲是极其放心的，我想打死她也不会想到会有这种事情发生吧，所以偶尔我们委婉劝说母亲也要稍微主动一点的时候，都会被她不屑一顾地笑骂过。

以我三十几年的生活经验，我实在无法判断父亲有如此举动是因为心理的原因还是生理上的原因，难道父亲独独看上了我年老黑瘦、并无姿色的婆婆？

近阶段，弟媳怀孕有喜提出让母亲照顾，但因其家小且父亲还在上海工作，所以不能随母亲一起前去杭州。母亲现在在弟弟家已经住了一个星期，婆婆在我家也住了一个星期，昨天又发生了这种令人羞耻的事情，我们家是3室2厅的房子，父亲半夜用钥匙开了婆婆的房门……

父亲还是在老公朋友的单位上班，以前听闻父亲为人热心，经常帮助打扫卫生的阿姨一起工作，还觉得农村出来的父亲淳朴，但现在有了这样的阴影，真怕父亲是别有所图啊。

我该如何挽救我的父亲？

丑丑

丑丑：

先说你的一些好话吧。

五六十岁的老年人，也有性需求。知道这点，对中国人来说，并不容易。只要是人，什么时候都会有性需求的。老年人谈性似乎马上就和老不正经挂上了钩。这点搞得老年人陷入性压抑——性欲望相对减弱的人反而得不到满足，这是比较古怪的。

说得多了，老年人好像就不会因此犯错误。他们反而化身为道德上的完人。在一个认知错误之后往往跟着更大的认识错误。

老年人跟年轻人一样需要性。老年人也跟年轻一样，会性犯罪。

对年轻人有用的爱情规律，对老年人一样适用。

年轻人不能因为自己的欲望犯罪，老年人也没有犯罪的特权。

年轻人也许可以通过展现自己的肌肉美而得到异性的欣赏。老年人，当然也可以露，像你父亲一样，但是除了感冒，可能并不能得到异性的欢心。

老年人与年轻人一样是人。我们的老年人在性上面显得弱势，主要原因是他们多数在经济上处于弱势。David Letterman，这个满头白发的美国脱口秀主持人，经常在节目上秀自己孩子的照片，炫耀自己老婆年轻，暗示自己能力尚存，为什么不会引起观众反感？往俗里说，那是因为他岁入3000万美金，身上永远都是armani；往雅里说，那是因为他保持着巨大的影响力。

我们这一代、这几代还没有老的人，为了自己在暮年岁月仍然显得酷，仍然有资格爱任何人，我建议从年轻开始，努力成为有影响力的人。

再说你的一些坏话吧。

再不制止你的父亲，他迟早会因为性侵犯而去服刑的。

你父亲对你婆婆的数次侵犯，以我粗浅的法律知识来看，我认为可能属于强奸未遂吧？也许就这个行为请教一下法律方面的专家，以得到更为明确的定性，对事情的进展会来得好一些。

对恶行的最好做法就是公布恶行。跟你老公，跟你妈妈说这件事，纵使你母亲会因此伤身体，那也是必须付出的代价，反正你父亲得手后，到时上报纸和判决书，最终还是瞒不了母亲的。为了让妈妈不伤心，而让婆婆被性骚扰，甚至被强奸，那样对婆婆与老公来说也太不公平了——这与你婆婆的姿色并无关系，任何人的权利都是相同的。

拯救你父亲的最好办法就是制止他的行为。家庭成员可以集中起来找他谈话，告诉他们你们都知道他的行为，并且明确告诉他正在朝着犯罪行为迈进（说不定有公安读者看到这里，已经起身去你家带人了)。你和你婆婆的软弱与纵容等于明确告诉他:这样玩玩没有什么不对的。

　　从你的来信看,他是一有机会就找你婆婆下手。我很奇怪的是,你为什么能忍受你婆婆生活在恐惧之中?再不制止,就不只是你父亲的责任了,你这个知情者的不作为将是摧毁整个家庭的主要因素。

连岳

2007年7月11日

爱情就像钢管舞

连岳：

　　其实一直想给你写信，只是认为事情的解决最终只能靠自己，所以也就忍了数次，而现在，我真的有点一筹莫展，头脑一片空白。

　　我今年26岁，烦恼就是结婚和生孩子（连岳，这话题是不是令你有点烦了，感觉有大量的女读者关于这两事给你写信吧）。我先讲讲我自己在这种事情上的打算。因为没有碰到合适的人，所以我现在不想结婚，而且我不认为到了该岁数，结婚就是急于完成的大事，我更不认为结婚是人生必须去完成的任务。结婚或不结婚，对于我来说，是可有可无的事，如果真的碰到一个人，在各方面都适合我，而且我觉得和这人生活在一起，是多么值得的事，那可能我就会结婚了。但是这人什么时候出现，当然我吃不准，是否会出现，也不知道。那么，是否会结婚，我也不能给出个明确的答复。

　　接下来，是孩子的事。连岳，我真是决定此生都不会要孩子。我本身是有点生理缺陷的，而我从小在这缺陷上吃足苦头，一直很痛苦，因为这个缺陷是有遗传性的，所以我坚决不想再让这种痛苦延续。还有，我始终不认为来到这个世上是一件多么幸福多么值得的事，做一个人很快乐吗？？如果让我再次回到27年前，让我做一个选择，是否决定来到这个世上，那我的回答是：NO。你瞧，我都是如此考虑生命，考虑人生，这样的我，有什么资格就把一个生命带到这个世上。

而现在，该讲讲我父母的事了。是的，如果我是一个人，我这样去决定自己的人生，谁会来管我？可是我有父母，有我最在乎的父母。他们不理解我的想法，说我思想不正常，说我是一个不孝的女儿。勒令我今年，或明年一定要结婚，而且一定要生孩子。当然，因为我的抵触，家庭大战已经爆发了多次。我是不可能说服他们，也不可能让他们理解我的，但是我也不可能按照他们的想法去这样生活，对于我来说，那样简直是生不如死。父母很伤心，我妈几次气得生病，我觉得好愧疚，我无法不去理会他们的感受。父母说，如果我再这样下去，他们要和我断绝关系。哎，连岳，我该怎么办，事情似乎真的没有解决办法。而周围的人，包括朋友，都无法理解我。我现在只想听听你的意见。

小安

小安：

　　年初在医院陪住了一个来月，因为没什么大碍，病房的条件又很好，我就攻读了一下英国哲学家安东尼·福（Antony Flew）拗口的哲学书《神与哲学》。作为当代最具影响力的无神论哲学家，近年来，有关他放弃无神论的传言不断，当然，我将信将疑，听说他出这本书时，就早早委托朋友在美国亚马逊书店提前预订了。

　　结果在我的预料之中，安东尼老先生在短短的两百页里，清晰明了地证明了神的不存在。换言之，人活这一世，所有问题都得自己解决。也许，这个情感专栏可以提供不同的看法，稍稍有点助力。所以不必在乎我会不会烦（我不会），你只要问好就行了，你的事情对你来说，就是世界上最大的。

　　有一天，隔壁病房传来悲伤的哭嚎，原来是一位孕妇死在了产床上。后来略略知道她的病史：她患有严重的心脏病，从怀孕开始就受了医生的严厉警告，劝她及家人放弃生殖的企图，否则将危及生命。而这群勇敢的生殖爱好者不以为然，最后的悲剧就很难逃避了。

　　生殖好比中国人的宗教，宁愿死在产床上，也不可以向科学与常识让一小步。在生殖的威力之下，男男与女女，以配种为婚姻第一要义，自己存在的意义反而干瘪掉了。甚至连配种都不如，比如猪场配种吧，我们还得尽力把品相好的公母怂恿到一块，充分尊重遗传学。

因为有遗传性的生理缺陷而放弃生殖，我支持你的选择，甚至，无条件放弃生殖的选择我也觉得天经地义，生殖权是人权之一，完全可以自己作主，不受他人胁迫。在生殖之前了解双方的遗传病史，更是婚姻的基本道德，它既可以让婚姻陷入无尽的悲伤，也不会制造出一个注定不幸的新生儿——他无法享受正常人应有的快乐之时，难道父母可以心安理得吗？

你的父母显然很安定，从他们逼你生殖可以看得出来。这种"生殖教"，要有何等残忍的戒律，才能产生出那些强迫生殖的原教旨教徒？

正因为戒律残忍，个人的定力才更重要。就算是谈情说爱，听起来是香艳之事，骨子里也得靠对爱情常识的把持。爱情就像钢管舞，钢管要坚硬牢靠，舞才能跳得放松热辣——这根不可移动的钢管是"我是我自己的主人"。将不幸强加于自己的孩子，违背了自己愿意，这种不舒服当然不必揽到身上。

欺骗是弱者的惯技，那么多有遗传病史的人，不也瞒着对方生了孩子。有家庭、有生殖，可以让自己在"生殖教"的压迫之下放松，但是却以他人的不幸（比如孩子与配偶的）作为代价。这是令人恶心的事情，如果这也能称为"孝"的话，那就索性不要吧，断绝就断绝吧。

　　面对真相是勇敢者的美德，你等候自己爱人的过程，我想可能比别人来得辛苦一些。这没办法，人是生而不平等的，帅哥与美女就是更容易得到异性宠爱，对于绝大多数姿色一般的人来说，就是有委屈。

　　你比一般人还不幸，而且是与生俱来的，在这种情形下，清醒地拒绝将不幸转嫁给他人，这是你异常美丽的特质，我希望这个世界能补偿你。

　　祝开心。

连岳

2007年7月25日

继续走，
不要苦等地壳运动糅合岔路

连岳：

工作几年，工作性质有那么点特殊，扎在男
人堆里的年轻女子，总是会受人瞩目的吧？其实
一直以来都是小心谨慎的，保持一种冷清的处世
原则。只是人有时候是会鬼使神差的，或者我这
是一种推卸责任的说法，或者我这山望着那山，
或者我用了一种不恰当的方法发泄自己对现实生
活的鄙夷，我承认我有错，我愿意为这个错误承
担责任，可是，我该怎么来付出我应该付出的代
价呢？

因为工作的关系，我和他相识了。他说第一
次看到就记住了我，因为我一发言就脸红。那么
我呢，除了觉得他对我说话特别和蔼，几乎没有
什么别的印象了。

只是不知道怎么的，一年后他突然约我时
我竟然毫不犹豫地答应了。当时没有觉得不妥，
其实回想起来真的觉得是很奇怪的事情，几乎从
来不出席集体活动的我，竟然会去和一个除了工

作上有所接触但其他一切几乎完全陌生的男人约会？其实当初也没有想那么多，彼此和朋友一样聊聊工作聊聊生活，炎炎夏日在酒吧里喝着一点小酒，看着轰轰烈烈的世界杯，谈论着渺小的自己。

不知道为什么，竟然就爱上了。我知道不应该，但是真的，真的，除了爸爸，即使是先生，也从没有一个男人这样对我好。如果不是爱，我不知道还有什么其他可以让他如此待我。想起这一点，我就觉得心酸，甚至想死的心都有，只盼望可以抛下这一切，从此不再有烦恼。

曾经以为自己可以淡定从容，其实却什么也做不到。我知道我活该受这样的煎熬，我愿意为这样的不伦付出任何代价。

但是我该怎么做？他不让我和先生分手，他说无论如何要让他先走出这一步。好友觉得应该这样，无论如何要给自己留一条后路。其实我从不考虑是否可以有后路可退，只是不想让他觉得我是在逼他，所以我忍着。

他说他会为了我做一回罪人。他说无论发生什么，他始终和我在一起。也许你会以为他是个很巧言令色的人，其实不是这样的。所以他每次说这些的时候，我的鼻子都会酸酸的。

对于先生，我有着本能的抗拒。其实生活

是不能用来考验的。在有些问题面前，我们显得那么的软弱、那么的无力，如果从来没有遇到这些问题，生活也许可以很美满地进行下去，如果遇到了，那也只能是彼此的不幸。即使曾经先生做错一千一万，尽管他曾经伤透了我的心，我还是明白这些都不能成为我身心出轨的理由。只是爱了就爱了，还能这样像擦灰尘一样把这些轻轻抹去吗？

但是他一直说他在等待一个合适的时机，其实在我看来，明明是做一件不合适的事情，怎么可能会有合适的时机？不过愚人愚己罢了，只是这样的理由，我还是接受了。于是一直等待，在等待中哭，在等待中笑，在等待中煎熬。因为我自始至终一直相信他的真心。

一直想去探究到底是什么原因他要让我如此地等待。其实这样的事情本不是我应该做的。即使知道了答案，能改变什么呢？死得明白和死得糊涂，对于死去的心，有区别吗？

面对我，我相信他是愿意去做罪人的。

于是想和他分开，但每每临了头，看到他，却又想继续等待。

春节，四月，五月，暑假，时间节点一个一个地到来，又一个一个地过去，可是什么也没有改变。继续等待那也许永远不会到来的日子，还

是转身离去，这于我真是个难题。都说我是个聪
明的女子，可是我明白自己，再聪明的人，缺少
了生活的智慧，想要幸福太难了。

杨梅

杨梅：

回答你的问题之前，我要先说一件开心的事情。

上周的文章《爱情就像钢管舞》，那个尝试掌握自己命运的小安姑娘——毫无疑问，我对她是有偏爱的，我喜欢一个人做决定时的美感，因为世道不济，这种美日见其少了。应该说，上一期文章我有所期待，希望小安看了能够开心。暂时的开心也行，反正开心基本上都是暂时的，只要连接两个暂时开心的痛苦短一点，力道弱一点，大概上就可以称为幸福。

结果，报纸出街不久，我就收到了小安的邮件：

"今天翻开《上海壹周》时，第一时间翻到你的专栏，一眼看到了我给你写的信，我真的很开心，我知道我会得到你的理解和支持的。

其实，在未读到你的信之前，我已经作出决定，仍然按照我的打算去生活，虽然这样我将面临很大的压力，但是如果屈从于父母的压力去结婚生子，那么，痛苦的将不是两个、三个人，而是更多的人。

即便眼前一片黑暗，但我仍然会去寻找心中的光明。就如很多个夜晚，很伤心绝望，但是第二天太阳升起的时候，我还是会去微笑着面对新的一天。

就让不幸，从我这里结束吧。

连岳，谢谢你的支持和理解，谢谢你美妙的思想给我的生活带来很多快乐，读你的文章常常使我会心一笑。

我一直觉得人类其实和其他物种一样，是分种类的，即便外形相似，但其实分同类和异类的。（呵呵，这是题外话。）

最后，祝开心。（真是很喜欢你每次信末的这三个字，每次给朋友留言劝诫的时候，我也会在最后加上这三个字，在此，请原谅我的抄袭。）"

对于能选择、敢选择的人来说，不幸不过是快乐之源——这么说不是幸灾乐祸，当你做了一次棘手的决定之后，引发的飘逸感，似乎像犯罪一般——怪不得那么多人尽力关掉自己的选项，可能就是承受不了这种快感吧？

看了小安，再看杨梅，当然是不同的物种。前者是浴火的凤凰，后者只是在火堆旁边惶恐的野鸡。也许我不能把话说死，凤凰第一次重生前，看起来不过也是只野鸡，适合站在路边，哪里想到，不过在火里跳了一次死亡之舞，以后就飞翔在云彩的金边上。

美丽人生与丑陋人生，只差一次选择。人活着，在人群与乏味的压迫之下（这是谁都得承受的），会缩得特别小，状若幽闭恐惧症患者被强行塞进狭小空间——我们蜷曲在子宫当中预示了这是命运必经的一环。

舒展开是自己的责任，其实，无论你从哪个方向推演，做出选择都是必然的结论：若是强者，你甚至能制定规则，怎么会怕庸俗的多数？若是不幸者，你甚至没什么可以失去，庸俗的多数应该怕你才对。

爱情是我们人生最重要的事情，其中的选择也最多。所以，你得做出选择，在分岔的小径，你得选一条继续走；你不会呆在原地，等地壳运动将几条岔路糅合起来。

杨梅，你看到这里知道如何去做，那我目的就达到了。如果你很着急，"你说的都是小安的事情，我该怎么办嘛？"那我就偏不说——

急死你。

连岳

2007年8月2日

青草怕蚜虫，
铁怕锈，
无聊的社会害怕爱情

连岳：

先告诉你结局吧，就像小时候我们一直看的童话书一样：从此王子和公主过着幸福的生活！

大学那次恋爱，我付出了一切，简单地说包括身体、金钱还有信任。我的第一次没有出血，虽然我流泪了（说不清楚为什么流泪，我想是不是女孩子第一次都会流泪？）。第二次出血了，当时我也搞不懂，以为来那个了。事后觉得可能是处女膜的原因。其实我不愿意说处女这个词，因为在我的经历中它好像从来没有存在过。在我的第一次，他是怀疑的。

大学四年，这就是我遭遇的爱情。我们在互相折磨中不离不弃。终于，在我大四那年，他跟我提出了分手。我的信念轰然倒塌。我同意了，然后就说既然不合适就分吧。结果他又不同意，就这样我的心理也经受煎熬。

当我怀着倔强的心情离开校园时，我来到了上海。突然发现自己远没有想象中的承受力。疯了，在内心，我倒下了。彻底地与他了断费了九牛二虎之力。

后来，我堕落了，只不过这个堕落来得比想象中简单。闪电般地谈了三个男朋友，前面两个平均不到3个月，最后一个时间最长，只是因为不给自己继续堕落留机会。就在那一年里，我失去了我新交的好朋友，因为我换男友太勤。

太专注感情，生活注定一塌糊涂。有一天突然发现自己生活在这个社会的最底层，下定决心改变自己，过上父母给我的那种生活。真的是洗心革面。不注重生活细节，不注重吃穿，专注于学习。虽然我没能改变我的生活，但是却在这过程中意外地收获了爱情。在那时我遇到了我的先生。我们来自相同的地方，有着相似的童年经历。在一起我们有谈不完的话，终于，我决定背叛我的男友，告诉他说我要跟另一个人在一起。即使是赌，我也要赌这一次。

爱情，真的太难了。它来时悄无声息（走的时候估计也不留痕迹）。他的朴实的爱，总能冲击我的神经。没有花言巧语，没有耳鬓厮磨。承诺让他的爱显得举重若轻。爱是什么？爱就是活在当下，爱在当下。我们闪电般地结婚了。比我想象中完美幸福。毫无疑问，我不是处女，但是我老公是第一次。他认为这是很神圣的东西，不愿意轻易尝试。但是他不介意我不是第一次，以前我没有得到的，他一定要让我都得到，让我很幸福。

他满足了我对异性的所有幻想，甚至是超过幻想，跟他在一起我可以是妻子、情人、朋友，或者是小女孩，等等。他都能一一满足。他从不轻易拒绝我的要求，尤其是当他觉得那是我长久以来的梦想时。宁愿自己受委屈，也要满足我。这就是我的生活。

今年我们已经结婚6年了，去年我们有了自己的宝宝，还记得我刚怀孕时很抑郁，细心的他发现了，总能给我及时的安慰。至今，我很感激他当时的举动。这就是我的细心的体贴的亲密爱人！

整理思路，总结我想说的是：我曾经是一个经历丰富，也很堕落，同时又千疮百孔的女子，但是我没有被抛弃，最后我得到了我的真爱，一个疼惜我，娇纵我，视我为灵魂伴侣的人。甚至在我们第一次交合时，强烈的，震撼我的：灵魂与肉体的结合（虽然我们的性爱并不是十分完美）。连岳，你说为什么我可以得到这么多？你知道吗？也许你知道，但是我还是想告诉你，或者说告诉别的徘徊的女子：自立，自尊，自爱！多么讽刺吧，我居然也配自立自尊自爱？我是不是并不重要，关键是他认为我是。

　　说来是不是觉得男女关系就像是斗智斗勇一样？我觉得是，你可以不赞同。女人只有自己风骚了，男人才会觉得你妩媚。过程可能很辛苦，可是一旦习惯了，或者生活走上自己的轨道了，一切也就如沐春风！

　　另外，告诉你一下，生活中，我是一个很单纯，而且非常善良的人。可以委屈自己，但是一定要帮助需要我帮助的人。很理想化，好多现实的东西考虑不到。但是他陪我一起做梦，不叫醒我。

还是那个女孩

还是那个女孩:

　　这是我一直期待的一封邮件，终于来了。要有这样一个女人，她吃尽苦头，最后得意洋洋地获得幸福。小美人鱼在现实的阳光之下并没有化作大海的泡沫。我们于是相信爱情理论不是童话，而是《木工指南》《电工指南》一样的实用技法。

　　很可惜，最后呈现出来的邮件只有原文的一半。

　　我喜欢你这个得意劲。我甚至愿意将你视为这个专栏的形象代言人。丑陋的现实非常强大——而且一直会这么强大，前往幸福快乐的路漫长而绝望。在这种困乏当中，许多人说，算了吧，我的坚持没有意义。于是变成了丑陋的一部分，甚至，他们会对幸福，报以更加尖刻的嘲笑。

　　他们由受害者变成了施害者。我很看不得这种自虐，明明是自己受了伤，却要极力证明痛苦的合理性。

　　爱情属于个人主义范畴，一定得够嚣张，够无畏，一定得敢赌。它对一个乏味的社会来说，是破坏力。这样的世界极力要把爱情纳入程序。所以一个女人失去了处女膜，与男友分手，甚至事业有成，都成为她不安的来源。

　　青草怕蚜虫，铁怕锈，无聊的社会害怕爱情。

　　你若因为爱情而承受压力——这是一定会发生的，你要知道，这是必然的。爱是好东西，不会轻易给你。顺着窄路，进窄门，你才看得到她。话说回来，又有什么好东西是容易得到的呢？

当一个无聊的人，其实是最无聊的选择。一个无爱的人，她得眼红那些有爱的人，她得诋毁一切肯定爱情的言论，她甚至不敢看《上海壹周》。

相信爱的人，总觉得爱情稀少。对这种小小伤感的补偿是，不相信爱的人，总是看得到相爱的人。相信爱的人，大不了有点失落。不相信爱的人，至少得生活在嫉妒当中，眼睛像兔子一样，一直是红的。

如果说我对今天这封邮件有什么不满的话，那就是不够拽，还有一丝委屈与自轻。就是一丝也太多了，全部得去掉。

正常的女性得有奥普拉·温芙瑞（Oprah Winfrey）那种行事方法，这位美国最大牌的脱口秀主持人，了不起的公共知识分子及意见领袖，9岁被强暴，14岁生子（孩子出生不久就死了），在她看来，这不是她的瑕疵，而是世界欠她的一大笔债，她不仅可以坦然面对，更是将它视为自己征服世界的动力。

我的一位朋友也常看这个专栏，她感叹说：怎么会有那么多烦恼呀？但是看得多了，却有这样的效果：非常非常想要谈恋爱。

我将这句话视为奖赏。

奖赏那些相信爱情的人。所有爱的烦恼，其实都是爱的诱惑。

连岳

2007年8月8日

这孩子说得对

连大仙：

您好，虽然对您的仰慕之情如滔滔江水奔流不绝，但是我现在实在是很烦，所以改天再专门发邮件颂扬您的丰功伟绩。

我就是一神经病。年方16，正是您天天想着谈恋爱的年纪。想问问您，您当初是怎么谈恋爱的？

我这人比较其貌不扬，桃花运基本上没有，所以经常性想得比较迫切。我的好朋友兼老师说要想有男孩子注意你，你就先把自己弄得漂亮一点，可怕的是我不在乎，他爱看不看。

曾经有两个极其可怕的人向我表示过好感，把我给吓着了。我发现喜欢我的人肯定都是不正常的人。

早两天飞机上偶遇了一个小弟弟，比我小两岁吧。挺漂亮的俄罗斯混血儿。3个钟头说得挺开心。我开玩笑说要不你做我的小男朋友吧，他应了。晚上回家上QQ，他跟我讨论了一个晚上怎么称呼我的问题，而且表现出对这所谓的男女朋友关系很认真的态度，让我很惊奇。于是跟他解释了一堆关于爱或喜欢的基本观点，还说到很多以后以后再以后的事情，以为算是达成了共识。第二天下午约出来见面，费尽千辛万苦找着他了，我们就那么瞎逛。我是个极其不会玩的家伙，我的兴趣是听歌看电视，把这小弟弟给闷死了，他说我把他弄得生不如死了都。他第一次来广州，哪儿都不认识。很巧，我在广州住了很多年，我也什么地方都不认识。一个晚上在郁闷中度过……神经……

当然我很难过。虽然我可能不是真正意义上地喜欢这孩子，但是这个年纪的小孩子谁又能说是真正的喜欢呢？我以为如果互相喜欢，就待在一起就够了，即使不能够待在一起，有什么心事也可以分享一下，朋友和恋人的区别不是成年了以后才比较明显么？我也希望可以抱抱他，把脑袋靠在他弱小的肩膀上，牵着他的手瞎逛。但是他说这样什么事都不干实在是受不了了。我突然很想请教那些大人们拍拖的时候都在干什么，据我观察，唱K，逛街，看电影，搞点小动作。头两个是那孩子最讨厌的事情，第三个是我比较讨厌的事情，最后一个现在看来是没可能的事情。我原本应该可以带他去溜真冰打电玩，那都是我从没干过的事情。怎么这么费劲呢……

我说我失恋了，他说你还没恋过呢失什么恋呢。

这孩子说得对。

可是我们都不知道到底什么叫谈恋爱啊，怎么个谈法啊。

我说如果有天你不喜欢我了或者喜欢别人了你一定要马上告诉我，他应了。可是他现在又不说不喜欢，这算怎么回事啊，啊？

有代沟啊……我要怎么去讨一个热爱劲乐团和QQ音速的小孩的欢心呢？我是挺想让他开心的啊，何况他最多在广州呆10天。

啊，混乱，原来小孩子玩这些这么累。可是我周围的那些一个两个不是挺热乎挺来劲的么……

我迫切需要答案，但是我也忘了问题是什么了。

　　　　　　　　　　　　　　　　　疯了

疯了：

你这孩子说得对。

对在什么地方，我也不太清楚。

对在单纯吧。这可能就是恋爱带来的好处吧？这个社会，习惯上，把大学生都看成没有性欲的傻子，看到这封16岁小姑娘的邮件，可能会吓死吧？

吓死几个最好了。

这封邮件多开心呀。虽然她说的全是自己的烦心事。想想看，谁的恋爱经验中有这样的开心呢？谁有这样自嘲的冷幽默呢？谁在恋爱当中，什么都没做，就是呆在一起发傻，也这么心醉神迷呢？

这一切都是爱情才有的。这16岁的小孩轻易就得到了。

你有吗？

你没有，你只是在无穷无尽的痛苦中没顶。你什么权力都有了，可是你厌恶了她的手；哪怕她只说一句话，你也没有耐心听完；没有吻、没有性爱；生活没有惊喜；疲倦得连抱怨都停止了……

两个成年男女，彼此押送对方走向人生的尽头，沿途没有任何风景。

这就是合法的、成熟的性关系。

怪不得我们不对小孩及时进行性教育，不许他们交朋友、谈恋爱。

原来是因为嫉妒。他们不考虑物质，假装设计未来，对家世、背景、财力、名声没有任何要求。他们就像两只小狗，彼此亲热地嗅一嗅。

他们当然可以恋爱。

年纪渐长，快乐渐少。或者说，成年人得到一点快乐，成本太高了。不像孩子，他们似乎就是为了快乐而生。

我们习惯把爱情说得一钱不值，然后对别人说，这就是爱情。

我们热衷于把寄生在势利、庸俗与无趣之中的男女关系定义为爱情。

我们躺在阴沟里偶尔仰望星空，并不惭愧，反而说，我知道北斗星有何意义呢？

我们得向孩子学习。他们的友情，他们的爱情——别说他们没有爱情，是我们没有爱情——他们的纯粹也许像露珠一样短暂，却正是我们所没有的透明。

有次我在雨后的小路上碰见两个小孩，一枝花低垂，小孩站在它前面议论：不知道可不可以吃呀？沉默了一会，又说：不知道可不可以吃呀？然后一人摘了一朵，吮吸一番。

而我并没有做这个实验。可能你也不会，如果你是成年人的话。

所以我们不知道花的味道。

以上这个故事也类似跑题，不知道和爱情有没有关系。我认为有。

真正相爱的两个人，无论再怎么聪明，可能在一起也不爱议论大事件，反而回归到孩童时代，甚至就是像两只狗，轻轻咬一咬她，嗅一嗅她，抱抱她。

可惜太奢侈了，不是每个人都有这个命。

有些好的属性，只有孩子天然具足。由于他们是受管制对象，他们不愿意说，我们往往不知道这些天然属性是什么。

今天多好，有这个孩子的邮件。让我们知道，异性的存在，爱情的可能出现，是让我们多么快乐的一件事。

从什么时候起，我们失去了这种快乐的能力？

当然，是疯了以后。

连岳

2007 年 8 月 15 日

看来爱就是人生的原型

连岳:

你好,我16岁,是个男的。

从小别人就认为我不正常。其实谁正常呢?

小学一至五年级的时候,我对那段生活已经没什么记忆了,我既不看动画,也不玩电玩,更不与别人打架,当然也不爱学习啦,只记得考试总是倒数,一发试卷就挨打,可是,可是我竟然一点改变都没有,依旧每天发呆。

六年级时,我遇到我生命中目前为止最重要的一个女人,是我的班长(虽然母亲也很重要,但不一样)。她是一个很有魅力的女孩,忧郁,豪爽,成熟。在某种意义上,她简直就是亚马逊女王,她就坐在我的身边!我感觉我的生命才刚刚开始,我感觉自己充满了激情,我迫不及待地想去迎接每一个和她在一起的时刻,那段时间的每一秒钟我都是快乐的。我们每一天坐在同一张椅子上,我们交谈,我们欢笑,我们上课时看韩寒的书,传纸条,下棋。直到被班主任叫去"喝奶茶"，站在办公室外的时候，我们相视而笑，那一刻，我才明白，飞蛾在扑向火焰时心里也是极其快乐的啊。我别无他求，只要她对我微笑。

现在想来，那段生活真是太奢侈了，那就是爱的感觉吧！

也许是爱的代价，也许是我在一年间耗尽了几十年的快乐，后来，虽然我也奇迹般地考上了重点中学，但是她却去了其他的城市，也许她永远都不会知道曾经有一个小男孩那样地在乎她，也许我只是她身边的一片云，稍纵即逝，可是我这片云却在她离开的夜晚哭了一夜。

后来，我实在是郁闷极了，便开始叛逆，逃课、上课不听、骂老师等。也经常被喊去"喝奶茶"，也经常站在办公室外，可那种感觉早已无影踪。只是无尽的烦恼与痛苦。

初三时，还是无聊极了。于是便开始努力学习，渐渐地与班级里的其他人脱离，开始封闭在自己的世界，不敢面对自己，面对社会，面对家人。身心都受到了不小的伤害。

中考时，我是班上的第一，全市的前一百，可是仍然不快乐。

现在呢，我依然学习不错，是班干，是班草。可是这只是我拿来掩饰自己迷惘与自卑的武器而已，我真的很自卑，我不知道怎样让自己重新被自己接受，让别人接受，我不敢与人交往，并不是如人们想象的孤傲清高，而是我怕别人在了解我之后会看不起我，我只是一个平凡的人，可是他们现在对我充满了好奇，其实，我真得很需要朋友，我真的很需要倾诉，我真的很需要爱，可是我也怕再受到伤害，毕竟我感觉我已经禁受不起别人的攻击了，因为我自己的攻击已经让我招架不住，我现在每天必想的一个念头就是死，我怕它成为现实，我不是怕死，我怕的是死之前的孤独与绝望啊。

最近，有一个女孩向我表白了，我几乎没有和她说过话。我不知道怎么去面对她，回答她，我怕她是在玩票，我怕她迷恋的是我的孤僻，我怕她会不喜欢那个真实的我。并且我对她也没有什么感觉，毕竟我对她一无所知，我应该给她和自己一个机会么？我还有可能重新获得新生么？我有太多的疑惑，也有太多的恐惧。

无论如何，谢谢你的倾听，谢谢！

Wo

Wo:

原以为上一周 16 岁女生的邮件，是偶然。

于是马上又有一个 16 岁男生的邮件，告诉我，不，不是偶然。

本来想，算了，不必连续回复这么"幼齿"的邮件，毕竟，情感问答专栏都是成年人在关心，孩子的问题当个甜点可以，甜点连吃两道，可能等主菜的人会不开心了。没必要帮《上海壹周》拓展低龄市场吧？

马上就被自己的想法吓了一跳。鄙视了一下自己。当必然的事情出现在自己面前，我竟然没有分泌足够的肾上腺激素，把这礼物收下，有点煞风景，就像美人抛个媚眼过来，我却嫌她走路不专心……看来我忘了自己 15 岁的恋爱了。

说了这么多，我是请成年读者和我一样，将这两封邮件当成宝贝。是来唤醒我们关于爱情本质的，它们像幸福的闪电，暗夜里，我们和仇人纠缠在一起，伸手不见五指，那闪电不仅带来强光，它还劈掉了仇人。

爱情的仇人是什么？是不爱，是无情。

孩子们述说他们的爱情，就只有爱情。

许多成年人热爱阅读《海的女儿》、迷恋《小王子》，从童话当中看到了人性的普遍寓言。似乎长了许多见识。

有天晚上这个人听见敲门声，他开门看，是一个小姑娘，他不耐烦地说：我在看《海的女儿》呢，去找别人玩吧……

第二天晚上，他又臭着一张脸对忽然造访的陌生小男孩说：我在看《小王子》呢，你去找别人玩吧……

他不知道，拒绝的两个孩子就是海的女儿与小王子。

在弗洛伊德已是常用词的现在，我经常听到有人自我分析，将种种成形的苦难倒溯回某片童年的阴影。对童年决定论我总是敬而远之，因为我觉得它忽略了我们现在的快乐，它并不愿意寻找快乐的源头；让人初初一看，觉得人生太难忍受，你看，痛苦的味道从童年的故乡飘过来，而快乐就像出门前喷的香水，就是取了"毒药"这么吓人的名字，不也慢慢消散吗？

孩子的爱情，他们觉得很痛苦，可是我们看来，却觉得他们快乐。至少，你看，把文字变得那么漂亮。他们的爱情其实是痛苦的，不仅被成年人控制的世界放逐、禁止，分离更是不可避免的。

但是为什么看他们的故事，会不自觉微笑呢？——当然，我不排除有些气得吐血的父母与老师——我建议他们不要吐血，那样也涂抹不了真实的成长。

我们微笑，那是我们在看着自己的爱情原型。

这样的爱情，不正符合许多爱情元素吗？喜欢一个人，就天天想着和她在一起，为她强大，为她自闭，为她孤傲清高，为她自卑，没有她，就感到"死之前的孤独与绝望"。

这些话，孩子说出来，我们觉得可笑，因为他是个孩子。

这些话，成人说出来，我们觉得可笑，因为还像个孩子。

爱情原形变幻诸相呈现给你，你都觉得可笑，那你到底想怎么样？

看来你只想以爱的名义骗吃骗喝骗性交，其实根本不在乎另一个人。

连岳

2007年8月22日

像个单纯的姑娘那样去恋爱吧

连岳：

这个专栏看了一年多了，也写过一封不清不楚黯淡无光的信件，黯淡的原因，是我不够坦诚吧。

这么说吧，跟大多数写信说明的人一样，我还算是一个美丽的女孩，有些清高，郁郁寡欢的气质。这一点好像比较吸引一些弱齿的男孩，后来好像也吸引一些谢顶男。但是形成这种气质的原因，却是缘于一个像梦一样隐约的意象。我说它是梦，或者意象，只是因为在很长一段时间之内，我没有足够的勇气面对它。

这个梦在幼儿园的时候发生，等大约初中（记不清了），我才明白其中的意味，简言之，我可能发生了一些事情，再勇敢点吧，可能像洛丽塔一样遇到了亨·亨。你会嘲弄不够勇敢的这种勇气吗？

因为我的诚实可信，我又知道有两个朋友有过这样的经历。

为人父母，看到后应该会希望养育的是个男孩吧。

　　直接的结果，是我成长为一个冷静，清醒的人。这段记忆只是偶然浮现，或者化身为恶梦的形式，但不自觉地影响了我看待男生的态度。我当然没有性取向方面的异常，只是，我很难接受一个男生的外在，为此产生的疏离感，使我总是反复无常，并断送了一段两年多的异地恋情，我曾经努力想要去爱的一个个性单纯的男孩。

　　现在我身边有一个年纪大我一些的男人，有些极端，但秉性单纯，他说：我对你是无害的。就因为这句话，我没有排斥感地开始与他接触。

　　可是，好像即便坦白一切，并且他明确告诉你他不计较以前和以后，只是不想放弃地愿意爱你，到最后，还是会要求承诺的吧。比方结婚。我觉得我不爱他。但尝试着接受一个男人。在这样的一次尝试中，只进行到一小半，我害怕了，他很快就停下来，在看似很安全的时期。我怀孕了。世界上会有第二个这样的玩笑吗？原来，我真的没有第一次，但重要的已经不再是验证那个梦的真实性，只是像个天大的玩笑，意外就来临了。

　　我说过他是一个很爱我的人，遵从了我所有的意愿。一个胚芽没有了。多了一个做恶梦的源泉。我更加明白我不爱他。但是，这样清醒的我会去爱谁呢？

　　如果我真的爱的人出现了，我可以和他没有

束缚地生活吗，正常的生活？

但这些，连岳，并不是需要你费心解答的问题。只是，在写它们的时候，我更加清楚地意识到了自己的可笑和悲哀。

我没有放纵的态度，没有需要倾泻的欲求，可能我更愿意被裹在茧子里，这不是你会举手赞同的态度吧。如果自我是一种真实的态度，能不能有一种态度叫作无我，没有那么高级，只是没有我，看不到我，生活中都是假的我，万象与无相，我并不很懂，只是这一种，你能否举手，称其真实？

生活中，我还是开心、沉默，有些怪异的脾气，梦只是梦，我还是照常以这个年纪会有的轨迹在生活。

只是，更担忧，我会因为一味地拒绝伤害一些爱我和貌似爱我的人，也为此让自己难过。我真的可以不要依靠爱来生活。为什么他们不可以？

我已经忘了写这封信的原因了。

祝你好，并致以一个同样恶梦缠身者的同情和慰问。也祝你的妻子安康。

洛

洛：

我知道发生什么了。没有回你第一封信，你原谅我吧。

在进入正题之前，先说几条真理吧。因为是真理，所以显得很冷酷。

一是这个世界上有很多不幸的人，小女孩会被性侵害，小男孩也会——迈克尔·杰克逊著名的恋童官司就是一例——所以不要产生女性天生更不幸的偏见。当然，作为受害者，似乎也有偏见的权利，这就像悲伤的人可以痛哭。

但是，这个偏见权利是有时效的，这又像悲伤的人痛哭几天可以，痛哭几年就不利于自己的健康了，从而成为悲伤控制的鬼魂。更不幸的是，超越时效的不幸感会引发旁观者的反感——这引出了第二条真理，旁观者永远是绝情的，原来斩首示众时，死囚临刑前的一哆嗦都会引来倒彩，觉得他不够酷。

若不是不幸到彻底失去生命气息，不幸者只能接受这个现实：不幸者只能靠自己攒点力气走出不幸。

让我换个形象一点的例子来说吧，比如你，一个美丽的女孩，清高，又郁郁寡欢，因此"比较吸引一些弱齿的男孩，后来好像也吸引一些谢顶男"。另一个女孩，不美且流俗，就绝吸引不了"弱齿的男孩"，当然，她后来也会吸引一些谢顶男的——都谢顶男了，还有什么好挑的。

丑女孩在这里就比较"不幸"，但是，世界——尤其是谢顶男——不会为她而改变，他们仍然只着迷美丽的女孩。丑女孩自暴自弃并不能增加一丝可爱，她只能靠性格、智商或者干脆是韩国游来扭转劣势了。

童年的不幸，只是无形的伤害，这比长得丑容易纠正。

很多成年人的不幸，自己要负责任，所谓可怜之人必有可恨之处；孩子的不幸，孩子一点责任都没有，只是纯粹的受害者，他们不必承担任何罪责。因为童年的不幸而觉得自己不完整，有裂痕，那是为施害者承当道德重负，不仅毫无必要，更是把自己变成指责童年受害者的恶人。

当然，心理阴影是有的，就像你现在一样。这个世界才会有心理医生、有神父、有情感专栏。我能给你提供的技术性建议是，你的不幸只能跟陌生人诉说，心理医生泄露病人的资料，是会被取消行医资格的，他更不允许与自己的病人恋爱——这涉嫌利用病人的弱点。而神父把信徒的告解提交给警察，他就是背叛他信仰的上帝。至于情感专栏作家，倒是没有什么具体约束，不过，他不可能知道谁写了这封信，哪怕来信者就坐在旁边。这种种倾诉有利于走出心理阴影——这也是你为什么会写第二封信的原因。

不要把自己最不愿意诉说的不幸告诉你的恋人，你的朋友和那些认识你的人，如果沦为谈资或者被其中的一些人所利用，这种不幸就在继续生长。

我这个陌生人，能明确告诉你的是：生为女孩，没有错；

生为漂亮的女孩，也没有错；由漂亮女孩变成漂亮的姑娘，更没有错；反而是有责任感的表现。因为这些因素所承受的不幸，她不会变得不纯洁。

像个单纯的姑娘那样去恋爱吧，你本来就是个单纯的姑娘。还是有些男人值得爱的，他们会以各种形态出现，有的弱齿，有的也谢顶。

祝开心。替我妻子谢谢你的问候。

连岳

2007年8月29日

论不宜与老友上床

连岳：

当然，这并不是一个故事，是真实的。

我相信也是普通的，正如千百万个曾经发生过的故事一样，不过，我一直试图给他一个不一样的结局。

虽然，很难。

我已婚，有子。

丈夫是高中同学。高中毕业后，他追我的勇气和举动，曾经是我们那一届的传奇。

后来我们在一起了，十五年。

十五年来，他对我始终如一。

我们不乏激情，也没有所谓的几年之痒，至少，暂时没有。

他是那种很现实的人，从来很蔑视任何脱离实际的思想和念头。

而我，是那种没有梦想会死，曾经是个类似愤青的人。

我们这样的两个人在一起的唯一问题是，他

只关注生活，我只关注思想。

所以，我经常被他K，被他骂不切实际，而且他对我谈论生活以外的话题很反感。

因此，我们只谈生活。除此，我们没有任何问题。

事实上，我们的婚姻还是很不错的，平常的相处也很有火花。

但是，我是一个很男生性格的人。我喜欢交朋友，喜欢思想火花的那种碰撞。

我一直很遗憾自己不能大碗喝酒，大口吃肉，与人彻夜长谈。

当然这些都曾经有过，那是婚前。

你知道，一个女人结婚后，要找人思想火花碰撞有多难，女友都忙着老公孩子，异性朋友又不方便。

唯一一个异性朋友，大学时的同学。到现在也是十五年。

他是我倾诉垃圾的对象，十五年来，我的理想破灭，为生活放弃自己的追求，做一个商人的委屈，他都知道。

在我精神最痛苦最困顿时，也是他帮我渡过。

我的老公，当时，因为事业不顺，很萎靡，我不敢给他任何压力。

那几年，我一个人赚钱，放弃自己本有机会从事的最喜欢的职业，承担了家庭的所有压力。

一直是他，帮着我走过。

当然，我的胡思乱想，他也都很捧场地倾听，因此，我什么都告诉他。

故事很俗套地发生了。

有一天，我们发现，原来彼此相爱了很久，却都没有告诉对方。

然后很俗套地挣扎痛苦。

到目前为止，我们都未越过道德的底线。

他问我为什么不？

我说，因为：一，我对自己有期许，期望自己做一个简单的快乐的人；二，我对婚姻有承诺，而我坚持做个言而有信的人；三，我觉得身体的分享是种罪恶；四，要我伤害另一个人，不如干脆给我一把刀，让我自尽算了；五，看过的所有故事都告诉我，越线的结局都是悲惨的；六，男女感情，一旦越线，要么结婚，要么分手，而我还想要你这么一个朋友。

话是这么说，要坚持却很难。

我已经准备在未来两年内不见他，在不能有效控制身体的冲动之前都不见他了。

可是，又觉得这样对一个朋友，很残忍。

人生有几个十五年的朋友？

要怎么做，才能让一对相爱的朋友保持亦远亦近的距离？

Smile

Smile：

你一周内给我写了七封邮件，还是选了你的第一封邮件。还好，没怎么误事，你们忍了 15 年之后，这周也忍住了。

看来，还可以继续忍下去。

你在后面一封邮件里提到自己的物理条件"我是一个瘦小的，相貌平凡，缺乏凹凸有致的身材的女人"——我们从纯粹分析的角度出发，你是否存在饥渴？换言之，是你更冲动，还是他更冲动？

如果你们终于控制不住，我想有一点要说明，性，不是你在付出，他在享受。快乐也罢，罪错也罢，你们双方得共担。

你自己的原则已经很清楚，总共有六条红线。可是你还是写了七封邮件给我，以此看来，你的原则在动摇，你快忍不住了。

不必讳言，性需求在我这儿一般都会得到满足——当然是观点上的，因为我觉得绝大多数的性压抑是愚蠢地自寻烦恼。

性得不到满足的人，有两个下场，一是从此假装清高，丑化一切与性有关的东西，因此他看到世界上所有的物体都指向了性，圆柱体与圆形毕竟是物质世界的基本构件，无处不在。

　　另一个结局是，他看到了所有物体也指向了性，挑逗着他的性欲望。他于是像个人肉炸弹，随时会将自己炸成碎片。

　　这样当然都不是快乐的人生，也不是丰富且深刻的人生。

　　性本来是很单纯的事情，就这么被搞复杂了。对于单纯的人来说，性不就是体操的一种吗？完了可以忘掉，也可以继续深入。

　　可惜，你是个复杂的人，无法重归单纯了。这也不是什么坏事，针对你的特例，我会一反常态地建议你继续忍下去，因为我觉得性这种事情你们都可以忍15年，算得上一流的忍术大师了。忍15分钟我都觉得很了不起了。

　　你和他都是需要友情的人，你们也得到了友情，你后来的叙述当中提到，他甚至可以在你情绪低落时，屡次专程坐飞机听你诉苦。

　　我们都需要友情。友情某种程度上比爱情更为重要。这是美国情景喜剧永恒的主题。

　　对异性可以杯水主义，对朋友却要像狗一样忠诚——不能和朋友上床的三段论大前提也由此得到。对床上的异性，我们喜新厌旧，如果床上这人原来是朋友，那就意味着以后不能对他像狗一样忠诚了。

　　性交与朋友不可兼得，舍性交而取朋友也。

　　因为性不是稀缺品种，朋友是。最简单的标准：性买得到，朋友买不到。一定要用女性视角来说的话，一个女人可以很容易与男人发生性关系，却很不容易与男人建立友情。

友情又不像爱情这么难打理，有时候几年才见一次也可以，开开玩笑，吃点好吃的，就可以开始交流自己隐秘的心事——你的性幻想对象老婆不一定知道，却可以和朋友讨论——因为在老婆面前，答案只能是她；在朋友面前，这样虚伪会让你丢掉荣誉。

当然，你非常想跟朋友上床，不惧怕以友情消失作为成本，那也是你的自由选择。以15年的友情赌一夜，输了也算是个豪赌吧。

祝你赢得快乐。

连岳

2007年9月5日

和老友上了床以后怎么办？

连岳：

刚刚看完今天的《上海壹周》（那个隐忍和好友上床念头的故事）。我的事情没人可说，和上期情节不太一样，但主题或许可以来一个承接。

我，女性，30不到，未婚，工作收入、教育背景良好，外貌从小到大也没影响过我完成任何事情。

当然作为一个异性恋者，在一个方面还是需要男人的，那就是性。我不知道是不是真的大多数女性都是因爱而性，而大多数男人真的是因性而性，这种事情口是心非的人太多，思维被灌输成固定模式的也太多。我认为爱应该和性有关，但性有时候可能就是性。当然单纯的性应该受到约束，可很多时候并不是那么让人容易控制。性是男女双方共同享受的，即使女人的生理相比较男性来得薄弱，只要懂得保护好自己，在性方面根本就没有什么谁吃亏谁奉献的说法。如果是你情我愿且非交易，那不管有爱与否，彼此都将会快乐而满足。当然社会大环境的观念似乎和我的想法还有着相当大的差距，尤其是很多男人，即使他们心中欢迎你的行为，但心理上还是会作鄙视状，仿佛心态的开放就是可以人人得而上之。但对于我来说这些只牵涉到一个道德底线的问题，我的标准是不给他人带来伤害，可惜我说了很多事情并不是那么让人容易控制。

D是相交10多年的好友，至于我们为什么会上床，我将其归咎于荷尔蒙的分泌和男女之间单纯的性渴望。要命的是，第一次是我主动的，后来这样的情况又不止一次。看，我就是这样一个不安分的女人，那是说得好听的。说得不好听的，估计把我浸猪笼的心都有。D对于我们的这段关系是用"just have some sex with each other"来定义的(看，都没有合适的中文词)，我认同。和男友的性没问题，可为什么又会沉迷于这段关系，难道真的是中餐吃多了就要偶尔改吃西餐？不过鉴于我曾经对于他人有过拿得起放得下的例子，所以一切都随心随性了，除了面对男友时候的那一点愧疚。可笑的是，我和D还要毫无破绽地经常和一群人一起唱歌、打牌、吃饭，然后互相乱侃，一如既往地彼此嘲笑，可是我们的位置却越坐隔得越远，两个人的关系就像卡在那里。而他们各个都有一双毒辣的眼睛，包括我自己。发现D和

Q在一起举止过于亲密的可不止我一个人。我仗着"便利"问过D，他矢口否认，我觉得他没有理由隐瞒我，同时作为共同认识10多年的Q（我们关系一直很好），她也一样在餐桌上把我们的怀疑当笑话讲。可是昨天一起吃饭后，我居然半夜里因为梦见他们的亲密而忽然醒来，也终于意识到我太高估自己，也太低估别人了，这段关系真的困扰我的心了。

　　深夜我坐在床上分析：对于男友我肯定是爱的，我们共同经历的日子让他在我心中的位置无人能替。那我爱D吗？心跟着身体走从来都是男人用来骗女人的，我想我一直喜欢D是肯定的，和D在性方面很愉快也是肯定的，但我不爱他，或者说远没达到那个程度。那是我嫉妒Q？大概有点，她比我女性化多了，也很受男人欢迎，可过去为什么没有因此焦躁？还是因为性的吸引，使得我对D的占有欲空前得大，以至于每根神经都敏感？但是不管真实原因如何，这种不爽开始严重影响了我的判断能力和心态，甚至于D的一句废话我都能听出不同的意思。根本不用任何人提醒，我知道唯一的办法是远离这段不健康的关系，否则不但我的男友受到伤害，我自己将是最大的倒霉者。可是新的问题出现了，我如何在远离这段关系的同时不远离D这个难得的朋友？连岳你在这期专栏里说当和自己的好友上床的时候，我们无法再对他们像狗一样忠诚了，那么怎样才能把床完整地踢掉再次回归成狗？抑或真的都回不去了，不能再心存幻想？

小C

小C：

你和老友的性关系，形容为"just have some sex with each other"，哪里会没有合适中文可以形容？中国的男人可能惨一点，中文可一点不差，这种关系就叫"不要捞过界"。

想得通，万事万物都在其合适的位置。想不通，蓝天白云都让你觉得颜色搭配不对。今天死掉的帕瓦罗蒂，你不能拿着billboard或英国每周40曲去贬低他，说你老人家好像从来没有上过排行榜，他唱的是歌剧嘛。反之亦然，拿他飙高音C去羞辱50 Cent，也无聊透顶。

再牛的人，都有自己的领地。狗会在自己的势力范围撒尿为记，越界了态度就大大不同。我们上周说别和老友上床，就是个意思，床边是友情的极限，上去了，朋友就没得当。

遗憾的是，有人没等到这篇文章发表就和老友嘿咻了。你的乱证明上周的说法多么正确，和老友上床，不仅意味着失去一位老友，甚至与一群朋友在一起都尴尬。

当然，责任在我，我应该在你们上床以前发表文章的。不过，时间无法倒流。那我们只能接着解决问题了：不幸和老友上了床怎么办？

一是离开这个朋友圈。值得提醒一下的是，有些老友淡出，并非其中一定牵扯到了性，可能就是单纯的不合。老友关系可近可远的特点，相当有利于撤退，恋人的短信迟回一小时，后果都会很严重，朋友十年不见也许仍然是朋友。离开老友可能会有一些伤感，不过，把它看成交些新朋友的机会，也不错。我们对朋友圈会形成强烈的依赖，有瘾性，某种程度上也会把我们关在一个小圈子里——如果彼此恭维得过分，那就更可怕了。

离不开的话，你们还有更有利的条件，罗敷无夫，使君无妇，把老友变成老公，是恋爱，就不怕所有人知道。恋爱失败也无所谓，至少老友圈的其他人不会因此失去，你的友情损失值减少到最低——基本上转嫁给了朋友们，他们以后请客得花两分钱了。

也许你会说，连岳，你没有注意到我这句话"对于男友我肯定是爱的，我们共同经历的日子让他在我心中的位置无人能替"。原来是这样，那你就捞过界了，好好回去爱男朋友吧，既然他在你心中的位置无人能替——在床上倒是有人可替。偷吃没有偷吃出严重的结果，已经是欢喜佛保佑了，还想那么多干嘛。

男友不可替代，和老友上床，还要吃老友的醋，上完还要恢复老友身份。你号称洒脱，一上来对性发表了一通看法，表示自己挺酷的。其实还是一个便宜要占尽的人，说那些道理，不过还要占一些"知性"的便宜罢了。

人当然要作出取舍，舍当然会有不情愿。你不愿意，其实你的问题可以换成另一句更直接的："我究竟能不能所有的好处都占全？"

也许傻子都知道答案是什么吧?

当然,对于一个贪小便宜的人来说,我知道她只想从我这儿得到便宜她的答案。所以我就顺着你:是的,你什么好处都能得到的。你哪里是心存幻想,你要得太少。

连岳

2007年9月12日

爱在 95% 里面

连岳:

　　虽然你对我的评价毫不留情，但是看到最后我居然笑了。过了一个周末，安静地想了很多东西，心里也平静了很多，最初的那种抓狂和烦躁已经基本过去了。仔细想想我究竟抱怨什么？D 和谁恋爱谁亲密与我何干？我的这份过界自己都觉得自己不可理喻。这份友情能留着是运气，不能留，那是我自作孽不可活。平时是挺洒脱的，但原来真的遇到了事情，除了慌乱什么都剩不下，终究是个假把式（不过"知性"的便宜不是真要占，是真的一贯如此想，所以才会如此困惑）。而再如此糊涂下去，自己多年的感情也要守不住了，这损失可就不是一般的惨了。

C

亲爱的连岳:

我也要说说，和老友上床这回事。

我，女性，离30还有几年时间，工作和收入很普通，外貌有时略微让我感到寒碜，异性恋。

如你意料，我也有那么几个不甚完整的朋友圈子。说不甚完整，可能是因为并没有你说的"强烈的依赖""成瘾性"，并且这几个圈子也没有太多的交集，我们碰头的频率可能是一周也可能是两年，就这样，这些我多少还有些依赖的圈子保持了下来。我喜欢他们中的每一个人，男人，女人，我会想到他们的任何一个小事就乐起来。这就是我们说的友情吧。

那么，我和多少老友上过床呢，在我现有交往的好友男士中约是一半的人。

我想也许有观众看到我的直白要开始些不良的生理反应了。

我只是想说，你看，跟老友上床并没有什么，我既没有退出朋友圈子，也没有拉哪个老友过来做老公。甚至，我怀疑他们也都没怎么记得这回事。我们还是一样吃饭吃酒，电影音乐，时而两人默默地聊天，时而众人一处欢笑。不咸不淡地在一起着。

孤男寡女一起在家看碟，会不会故意选择跟色情有点关系的电影来调节气氛呢？完全不会。

294 | 我爱问连岳 2

孤男寡女深夜吃饭聊天会不会聊着聊着聊到一些色情话题呢？有时会，有时不会。即使聊了一会色情话题，我们仍然可能继续去聊中国农民现状或者关于做梦能不能记起来或者一次很棒的音乐节的话题。我们可能聊着聊着就彼此睡去了，也可能在彼此即将睡去的途中相互开了个小玩笑而开始做爱了。所有的决定都是那么地随机，那么地好玩。

也许有人好奇，那么这些男性的朋友知不知道，你除了和他上过床，还跟别的圈内人上过床呢？这个我猜他们并不关心。我们也从没有涉及这个问题的讨论。如果大家在外面吃完酒，可能会有人问我，你今晚去哪，然后我就大大方方地回答，然后大家就相互甜美地互道晚安。

如果说我也有些原则的话，我的原则是，只是选择性地和单身的男人产生这种"可能会做爱"的机会。当然，在我自己恋爱的时期，也只有我男朋友一个人啦！这需要克制吗？难道真的是中餐吃多了就克制不了要去吃西餐吗？那只能说明你还不够喜欢中餐吧。

让我们把上床和像狗一样忠诚同时发生在老友身上吧，何苦弄些 D、Q 这样的字母让人看着头晕。

小盘

亲爱的两位:

我的立足点，也是我坚信的，爱情是属于知识范畴的，也就是说，人类的理性可以研究爱情，可以相信爱情，也可以用知识工具让爱情更能把握，让喜欢爱的人更能得到爱。

让我举个小例子来说，在吵架中，有句话男人是不能说的："你结婚时就知道我是这样的人！"（当然，我建议女人也不要说这句话）——这种表态逻辑上绝对没错，尊重历史，让事实说话。但是心理学家发现这句话潜在暗示很可怕，那就是：我们的生活就是这样啦！没什么新的可能、新的空间了，你就死心了吧。

而两个相爱的人，他们最主要的诱惑却是"我们将有无限的可能"，爱和人生一样，没有地平线在前面，窒息感就将涌上来。两个人在一起，尽力让对方更开心，尝试改变自己（哪怕多记几个冷笑话也好），这是爱的基本戒律之一，"我就是这个德性！"一句简单的抱怨就可以破戒。你绝想不到心理学家能发现日常话语的破坏力吧？你看了这期专栏，以后不说这句话了，就是用知识改良爱情。

知识没有绝对。能绝对的只有教条。知识是一个开放的系统。BALABALA，这话比较无聊啦。简单来说，相信知识的人，你是生活在95%当中。

如果某项统计正负误差在5%以内，结论就视为可信。这是非常非常重要的一个常识，重要的就像镇静剂一样。比如投资专家从来不会建议靠赌博发家，但是也存在赌博的赢家，花几块钱买乐透，中了几个亿，比任何成功的实业家都赚得快——这个例外的概率是相当低的，它就不在正常的95%范畴之内。

万事万物都有例外。古代的包办、童养媳也能产生好姻缘；时新的塔罗牌、扯花瓣也能蒙上不错的人，但爱情不能因此走上蒙昧主义，它最终还是像我们期待看到的这样，是自由主义者的爱情，是理性主义者的爱情。

在和老友上床这个讨论当中（也是连出了三期，看来老友都很暧昧），我们既看到了C最终止步于床前；而小盘却毫无负担地将男友们一一上掉。

从结局来看，两个人都做对了。

C对在95%之内，小盘对在5%之内。C的选择更适用于承受力一般的正常人，神经不够大条，就别试试小盘的生活。就算小盘，也有自己的原则，恋爱期间只有男友一人。

爱情说白了，很简单，你相信它是知识，我们就可以用知识工具来解决，分析它的得失，从而得到最平衡，成功率最高的办法。你若认定它是巫术，由一些神秘力量控制，那就愿赌服输，赌徒也是一个人的自由选项，有令人尊敬的赌客，赌徒最让人烦的是，去赌还要别人保证他的资产收益率。

我们要爱在95%当中，这种爱最容易争取，这是爱的科学。

我们也得允许有些人在愿意承担后果的前提下生活在5%当中，这是爱的宽容。

这两类人没有互相指责的必要，生活只是你自己的生活。

连岳

2007年9月26日

爱情不是弱势关怀

连岳：

你好！

我是一名普通的已婚女性，三十出头，有个孩子，生活还算稳定。本来人活到这个年纪的时候应该经历了一些，对人对事应该能参透领悟得较为深刻的阶段，但是，我却怎么总觉得越活越糊涂了。

说两件事吧！第一件是我自己的。我自小就逆反心理很重，但唯独在婚姻这件事上，听从了父母的安排。我想，一方面是因为我真正性格过于怯懦，迫于各方压力我屈从了；另一方面，因为婚前经历了几场不欢而散的恋情后，对人性绝望，认为反正遇不到自己真心喜欢的了，所以看先生的条件差不多，那就嫁吧。这样的婚姻，一开始我就认为是不牢靠的。甚至，我在与先生推心置腹的交谈中，两人都达成过共识，那就是，我们都不是对方想要的那种类型。所以当有那么个人出现在我面前的时候，我的抵抗力可想而知。

我的婚外情就这样开场了。人都是这样，明知不可为，反而会陷得越深，那段恋情几乎要了我的命。但是，我们之间最终还是结束了。所幸的是瞒住了所有的家人。

第二件事，应该说是不止一件事吧。我周围的一类姐妹、朋友，从大学开始谈恋爱，有的谈到远嫁他乡，有的费尽千辛万苦，最终结合。可是，令我震惊的是，他们中居然也有越来越多的人加入到婚外情的行列。但是，他们也一样，隐瞒着。

好了，现在我的问题是，我知道任何事物的发展都有它萌芽、壮大、死亡的过程，可是，爱情不能例外吗？真的没有永远吗？如果有，怎么样才能永远？你看《爱你就像爱生命》，王小波和李银河相爱了足足二十年，生离死别还是剪不断那爱，是不是我们的爱情都太肤浅。

还有，爱是什么？是不停地想一个人，见到他会脸红心跳，喜欢时时和他在一起，关心他，设身处地为他想？如果把这爱放到婚姻之外，本质是否就不同了呢。自由之身爱一人是爱，而婚姻以外，对一个人也是这样的感觉，但是不可以朝朝暮暮，无法做出承诺，仅因身份的不同，那就不是爱了吗？

是的，在围城内的人会去计算成本，尽量不

去触动利益，会因为责任去维护家庭稳定，不去伤及无辜，所以不可能再给出诺言，也无法随心所欲地时时相处。可是，就算是单身，有几个人的恋爱是不计成本？就算做出承诺，有谁能真正实现海誓山盟？就算真能朝朝暮暮，心就可以永不分离吗？

我知道这样说，有悖人类的道德伦理，但是恕我不够聪慧，我真的不知道本质区别在哪里。

有人说有诚意就该离了婚再说，不该吃着碗里的，还占着锅里的。可是，设身处地地想，谁可以随心所欲地把碗里的扔掉。感情是一种需求，但是家庭稳定、社会责任、人际舆论就不是需求吗？抛开一切去追求爱情就是爱情了，但是不想让自己的另一半为自己的感情去买单，只能把这份情感做地下处理就不是爱了吗？

我们的教育是人结了婚就不可以再对外有感情。事到临头，我想谁都会知道，人心不是机器，可以装上开关，随时收放自如，结了婚就真的对外界没有一点感知能力。所以，唯一的出路，是不是就是当你的另一半不再吸引你的时候，对别人也要闭上眼睛不去感知，学会把自己变成行尸走肉；或者说，如果爱上另一个人，也只能压抑再压抑，苦闷只能在心里积蓄，直到生癌为止？

　　其实这些答案，我不是不知道，谁都应该接受这社会道德的约束，但是我还是想听听你怎么说。

　　写得很乱，不过我想凭你的智慧，你能看明白吧。对不起，我真的被整晕了。

迷乱

迷乱：

对不起，我真的被整晕了。所以罗素说了，涉及智力活动时，宁愿要个聪明的敌人，也不要糊涂的朋友。

你真是一个我不想见到的朋友呀。

我理了理，你大概是个这样的人：有个不满意的婚姻，但是无论如何想继续维持下去，锅里只要有点肉，你就不会离开，毕竟肉价一直涨；有段秘密的婚外情，虽然结束了，但是有机会还想继续玩一下，试图找到"永远"的、"脸红心跳"的爱情。

支持你的理由，你都同意，反对你的理由，你都不同意。而且，你想得到我的支持。

我的支持是有条件的。比如，同样的问题，我会有不同的答案，有人来邮件喊冤：这个人搞婚外情，你没有意见，为什么我写邮件给你，你就反对？

真想知道为什么吗？我理解、同情且支持的这个人，她的邮件行文清晰，段落分明，错别字很少，标点符号使用准确，既没有一逗到底，又没有全用句号把我打晕，更不会把文章挂在附件让我多花气力去打开。

这说明什么？说明想明白了，傻瓜是写不出聪明文章的。像你这样把自己整晕的人，再用邮件把我及所有读者都整晕的人，你的什么决定我都倾向于反对。母爱属于弱势关怀，再傻的孩子妈妈都不会嫌弃，爱情只是强势吸引，我们不会把自己的爱情当成慈善事业。

看在我长假过得开心的份上，我就奉送你傻瓜十条吧，我的专栏还是要有点弱势关怀的。

有思想的人往往叛逆，但不是叛逆的人都有思想，尤其是在婚姻上盲从父母的命令。

没有爱是诱惑人更想得到爱，不幸是让人更喜欢幸福，而傻瓜会因为经历不幸而喜欢不幸。这就好比你会因为连续三次掉进粪坑而决定永远呆在粪坑里。我一听到什么"对人性绝望""对爱情死心"的调调，就会想到一人趴粪坑里装深沉的图像。

傻人的福利之一，就是傻比爱"永远"，但是不要因为这个一直保持傻态。

你会死的，宇宙也会毁灭，不要追求永恒。

你那个既没有爱，互相不搭调，又捆绑在一起的夫妻关系，挺适合你的，千万不要放弃，因为爱不像感冒，谁都可以得，它是智力游戏，有点门槛。

你读不懂王小波也情有可原。但你自认肤浅，这个结论倒是对的。

不要用别人的情书来谈恋爱。出版情书其实是害人害己，李银河这点做错了。

你竟然有婚外情，竟然还瞒住了所有人，真是傻人有傻福呀，不要指望一直有这个福气。

傻瓜的逻辑比聪明人多，聪明人写一篇文章只用一种逻辑，不像你会用三种以上。

以上写得很乱，你看明白了，会很生气，不过我想凭你的智慧，你看不明白。

连岳

2007 年 10 月 10 日

无法自夸衔在嘴里的那支玫瑰

连岳：

你好！

分开的原因，是因为我们都性格比较内向，而且是网上征婚认识的，相处时间并不长，还没有磨合到亲密无间的地步。他是诚恳的人，我也是，我们只是在一起太安静了，几乎就像是十年的老夫老妻，所以他提出了分开。想了想，我也答应了。我们说好了还做朋友，需要他帮助的时候，他会赶来。我相信自己，也相信他。我也不知道，为什么每次我都会那么发自肺腑地想要去祝福对方，我就是真心地希望对方好，而且心里不会有任何怨恨，这是不是不正常？还是我太幼稚？可是，我就是会真心地希望我曾经相处过的朋友幸福，哪怕是在不属于我的天空。下面是信。发给你纯属发泄，请多担待。

你好。

其实我也不知道我为什么难过，不过秋天天气干燥，多流泪也是好的。我会很快恢复的,别担心,我只是需要时间。

谢谢你这段时间以来的陪伴,我的三十岁生日也有你作陪,只是没有来得及当面谢谢你。你让我感觉心里很踏实安定,这也是我一直想要的安全感。即便没有能继续走下去,哪怕只有两个月,我也很感谢你。

关于我的性格,也许我需要一个比我活跃的人来带动,但其实很多时候在同事朋友们面前,我反而是那个带动气氛的人。也许我们只是因为接触时间太少的关系,我不够放得开,也让你得不到应有的放松。你的理由没有错,你已经很辛苦了,需要有个女孩子为你营造轻松的环境。我相信你是好人,不是欺骗感情,我们都是好人,只是不适合,或者是时间、空间等客观条件不给我们磨合的机会。所以我不会恨你,即便是别人负了我,我也不会有仇恨,那样只会让自己受伤,更何况你并没有负我,只是我们不适合,最起码现在不适合。你说如果、也许,我也想过如果当时怎样,现在会是怎样,不过,只是想一想而已,接着就甩甩头,把所有会让自己后悔难过的假设都抛开。生活永远都不能重来,不管有多么难过,我们能做的只是继续往前走,寻找各自的幸福。

你对我说"对不起",其实,我是需要道歉的,因为我没能够让你跟我在一起的时候感到轻松惬意。其实每每想到你那么辛苦,曾经真的很希望今后能够好好照顾你，等到搬新家离得近了，可以常常去看你，让你按时吃早饭，煲各种各样的汤水给你喝，每天晚上监督你用半桶热水泡脚帮助睡眠……或许照顾人是女人的天性吧，呵呵，不过，现在不用了。还曾经想：等你有了时间，一起去游乐场坐过山车，去我家背后的草地散步，或是一起做饭，或是一起去郊区玩。我曾经以为我们会从现在的拘谨和安静过渡到另一个状态，那也是大多数情侣相处的状态，不过没能实现，主要的原因可能也是我，总是不够主动，太迁就你，过于被动。或许，以后作为朋友相处，会让你更加轻松愉快。

记得刚才你问我，结婚的时候，敢请你吗？这有什么不敢的，反正你又不会砸场子。我只是期待我结婚的那天不会太过遥远，不会让你等得太着急。也希望早日听到你的好消息。

生活就是这样，你永远不知道接下来会发生什么，有悲有喜。我只能说，我们相处的每个片断，我记住了，你对我好的点点滴滴，我记住了，即便是你说分手的时候，我也相信你当时与我交往时的真诚。我能做到的，只有这些了。如果一定要问有什么遗憾，我只是遗憾自己当时没有能够对你更好，能够让你体会到感情的甜蜜。所以，我只能祝福你。

好心的姑娘：

你好！

谢谢你的邮件，让大家看看，这个专栏也有正常人。虽然我认为反常也没什么不好的，但是，照顾一下有些脆弱的心灵吧。省得他们看了这个专栏发恶梦。

不过，你这个正常人太少，所以自己都觉得不正常了。恨一个人是惩罚自己效率最高的做法，即使他远在芬兰，一想到他，你还是怒火中烧，撕扯自己的头发，痛哭失声，以头撞墙，寻死觅活（嗯，成语连用的水平竟然也不差呢），而他说不定却在北极圈的静谧之中酣睡，也许还会梦见你正在亲吻他。恨无法变成实体打击他人，索性就不恨了，这才是理性的人。

我现在怀疑很多恋人、夫妻在一起，不是为了得到爱，而是需要满足恨，这人在身边，你可以痛快淋漓地用自己的偏见、固执、言语、行为折磨他，有这么多不成人样的夫妻仍然混在一起，形成共生关系，潜意识里就是为了留住一个让自己发泄怨毒的苦主。我们是 S/M 大国。

因此，控制恨反而成为我们爱情的当务之急。像你这样天生恨意轻的人，其实是幸福的人。别的不说，爱意能让人身体健康，互相抚摸、亲吻、眼神的默契与小小的戏谑，这些爱情的主要成分，都被证明了对人的身体机能是有好处的，比红酒、茶、巧克力以及蔬菜都还管用。与此相对，恨自然对身体的打击很大，所以很多人一结婚就变老。结婚的初衷固然不是当成保健品，可也没有理由气到折寿吧。

作为常人，分手时伤春悲秋，掉几颗眼泪，都是正常的人性，旁观者也认为这样才美，甚至恶向胆边生，似乎也可以成为暴力美学的素材。互相祝福说再见，这种眼泪指数为零的行为，就被视为模式外的异类了。一个只爱模式的人，当然可以怀疑它不美，可它何尝不是特立独行之美呢？

有些装出来的宽容，让人感到恶心，这就像一定要见到别人感激涕零的"慈善家"一样，总的来说，都是想得到某种"利润"。所以，爱情还是爱憎分明一点好，爱不要装成恨，恨也不要装成爱。不恨是因为恨对自己不利——损人损己，爱与宽容，不仅对别人有利，也让自己舒服。我的意思是，爱与宽容，有天生的成分，但也是理性选择的结果，我们爱一个人，宽容一个人，不是为了取得道德优势，不是为了当商标用，而是一件让自己舒服的事情——就像冰啤酒瓶上细密生长的水珠让人舒服一样，若用个女性一点的比喻，它就像耳钉柔顺地穿过耳洞一样让人舒服。

爱与宽容是我们自己的，而不是扔进流浪汉帽子里的硬币。

你不恨，那是你的好。不必趋同于恨，更不能自夸。我们自己的好，是衔在嘴里的一支玫瑰，别人看得见这种性感，但我们自己一开口，它就掉了。

祝开心。

连岳

2007年10月17日

亲爱的，我有癖

连岳：

你好！

一直都很没有自信，孤孤单单一个人很久很久，直到有一天有个小男生愿意和我交往，往后没多久，我才发现原来人家只是想骗我上床，幸好他也没有得逞。又过了很久很久，离30岁还差4年，也就是今年，妈妈急着帮我介绍了一个她认为很不错的男孩，男孩不但有房子还有车子，更好的是他对我的那份心，是用尽了全力关心我爱护我，可我就是这样一个石头脑袋石头心肠的人，四个月的相处，吃饭、看电影、逛公园、唱歌、旅行、逛街……我仍然对他一点感觉也没有，虽然他对我真的已经尽心尽力，可我一点也不习惯在没有爱情的基础上父母总是嘴上挂着与结婚有关的事，而且一家子还三天两头地去男方家里吃饭，我觉得浑身不自在。在所有人都认为我会和他有发展的情况下我突然提出分手，他非常地伤心失望，我好像也得到了惩罚，身体开始很差。

　　我开始和一个黑人交往，开始着一段说不清道不明的关系，他比我大十岁，是以前的同事，来上海发展事业。他说他没有女朋友，想和我发展。我就是这么一个单纯的女生，和他之间没有吃饭、看电影、逛公园、唱歌，没有任何正常的交往方式，每次的约会地点永远是一个地方——他租的房子。也许你认为我真是个傻子，男女孤单在一起还能做什么事呢？为什么偏要羊入虎口呢？爱情又是什么，激情又是什么？我心里面一点都没有结婚的概念，即使我同学的儿子已经上小学，即使比我小很多岁的MM都吵着要嫁人？结婚又是为了什么？难道真的要我找一个不爱的人凑合着一起吃饭、睡觉，生个麻烦出来？

　　直到今天，我还是个女孩子。

困惑的小兔子

连岳：

你好。

对不起，又是处女情结的问题。当初低估了
这个情结的普遍率，所以他问什么就直白地说什
么。如果我无法再跟他在一起，下一个男朋友我
会回答得含蓄一点。

我不觉得我有错，他也不觉得。我们都认为
造成彼此痛苦的原因不是我的经历，而是他的情
结。所以他去看了心理医生。好贵,三刻钟三百块。
有好且便宜的心理医生介绍吗？

折腾了一段时间，毫无效果。我说，那就分
开吧。他说，那他就先离开，希望心态意识能有
所改变，如果能改变，再来找我。

然后我就正常地继续过日子，嘻嘻哈哈的。
但是眼泪会自己冒出来，我在哭的当口停下来，
想感受我内心的感受，结果发现没有感觉，不是
失落，不是痛楚，当然也不是释怀高兴，就是没
有感受。好奇怪，是麻木了还是哭的时候就是没
有感觉的？跟之前的男友分开，也是这样，明确
知道没有感情了，只有分手一条路可以走，但要
一个人躲起来泪流不止，感受不到任何感受，心
是木木的，像是打了一针麻醉剂再投了个催泪弹。
人真是奇怪的动物啊～～

　　另外，我还有点遗憾，在一起的时候没有表现出更好的一面，因为我确实是可以更好的。给他买的小东西也还没来得及给他。还没来得及帮他装修房子，而且本来很可能那也是我的窝。

　　他，不丑，不坏，典型的理科生，傻乎乎得可爱，同时也是27岁的处男。

　　我，不丑，不坏，他也觉得我很可爱，但可爱敌不过前一段的经历。两个好人也不一定能创造出幸福。

　　我在等待他"改变心态意识"，当然我也可以慢慢淡化他的印象继续过我的日子。不知道以后会怎么样。

　　尽人事，听天命吧。

阿单

两位：

两个有趣的人呆在一起，反而各自紧张，手心冒汗，不知所云，以后再也不想见面，他们一辈子也成不了好朋友，没办法放松地相处，暖洋洋地不发一语，像两只肥胖的海象躺在砺石海滩上晒太阳。

他们成不了朋友，他们都没有错。

两个物理条件绝配的人无法恋爱，甚至爱了也会分开。那些旁观者都惋惜地叹了一口气，他们在此情境下也许还收拾起盼人在雨天跌倒的阴暗看客心理，天使乐团一般唱合王子与公主，可是王子偏偏不爱公主的娇媚，而公主也嫌恶王子的威严。

他们成不了爱人，他们都没有错。

我们单调地用坏人与好人说来分析吧。再单纯简陋的办法也可以分析问题。坏人当然不值得爱，这不意味着只要是好人就一定得爱。爱情需要满足一定的条件，但不是合条件的人一定就可以爱。只要是好人就得爱，那么，爱情就可以变成共夫共妻。这种性大同，除了斯巴达短暂出现以外，文明社会总是拒绝它的，所以我们不爱一个人，从来不能等同于我们对他下了负面的价值判断，我不爱你，而你是好人，这两个条件可以共存。

亲爱的，你无可挑剔，可是我就是无法爱上你，无法继续爱你。哪怕你刚当上法国总统。

你得满足我的癖好。人人有癖，绝不重复，这也是我们会痴爱某个个体的原因吧。这癖可以是黑人，可以是处女。

处女情结唯一可以接受的情形即为今天阿单邮件所描述的，只要你不用处女情结作为惩罚、贬低女性的工具，只把它看成自己的癖，由此产生的心理痛苦由自己扛着——还因此找心理医生为国家贡献一点GDP——那么，你尽可以维持着处女情结。为什么不可以呢，正像有"非处女情结"的人不能贬低、处罚处女一样，癖好也是基本人权。

一个有恐高症的人，将他放进保证安全的高空缆车，远离地面的他必然会紧闭双眼，手脚发软，惧怕任何一丝摇摆。从逻辑的角度来看，他的反应没有任何必要，你紧张了增加不了安全程度，为何不放松心情看风景呢？可是他有恐高症呀，逻辑教授也会是这种熊样。

爱情中神秘的癖好状若恐高症，明知高处有美景，偏偏脚会软，还是放弃吧，谁也没有错。

爱情需要满足许多理性条件，就像李白写诗之前，他得识字，据传言，还要喝许多酒。你不是文盲，也能把自己灌醉，但是你不会写诗。因为你没有灵感。

爱情中的灵感，就是那个能满足我们癖好的人。我们懒洋洋地消磨时光，一会就过了一个下午，过了一年；我们可能在想同样的事情；我的嘴唇刚动，你就问，你刚才在说什么？

　　爱情难得，就在于限制条件太多，一一满足的，就只有那个人。在一见钟情之前，我们各自孤独了那么久——迷信且浪漫的说法是，我们经过了百千亿劫才等来对上眼的这一刻。

　　祝开心呀。

连岳
2007年10月31日

胭+砚
project

图书在版编目（CIP）数据

我爱问连岳. 2 / 连岳著. -- 上海：东方出版中心，
2020.2（2022.1重印）
（胭砚计划）
ISBN 978-7-5473-1564-4

Ⅰ. ①我… Ⅱ. ①连… Ⅲ. ①随笔－作品集－中国－
当代 Ⅳ. ①I267.1

中国版本图书馆CIP数据核字(2019)第243596号

我爱问连岳2

著　　者　连　岳
统筹策划　彭毅文
责任编辑　肖　月
装帧设计　张　琪

出版发行：东方出版中心
地　　址：上海市仙霞路345号
邮政编码：200336
电　　话：021-62417400
印　刷　者：上海盛通时代印刷有限公司

开　　本：890mm×1240mm 1/32
印　　张：10.375
字　　数：192千字
版　　次：2020年2月第1版
印　　次：2022年1月第4次印刷
定　　价：49.00元

胭+砚
project

胭砚计划（按出版时间顺序）：